O vestido rosa

F✶SF✶R✶

CÉSAR AIRA

O vestido rosa

Tradução do espanhol por
JOCA WOLFF E PALOMA VIDAL

Posfácio por
GONZALO AGUILAR

*Oh enviable Briareus with thy hands
And heads, if thou hadst all things multiplied
In such proportion! But my Muse withstands
The giant thought of being a Titan's bride
Or travelling in Patagonian lands.
So let us back to Lilliput and guide
Our hero through the labyrinth of love
In which we left him several lines above.*

Don Juan, VI, 28

EM MEADOS DO SÉCULO PASSADO, perto de uma das últimas estações de malas-postas do sul argentino, antes da fronteira dos índios, vivia um enjeitado de idade indefinida entre os vinte e os trinta anos, que tinha algo de deficiente mental: ou era, ou parecia. Ou as duas coisas ao mesmo tempo. Ou nenhuma. Alguém que simplesmente estava ali, olhos e boca abertos, a palavra demorada e os gestos ligeiramente fora de órbita, sisudo e abobado, sempre muito sereno e nimbado pela inquietude de não compreender nada. Os outros não sabiam o que dizer dele, e essa ambiguidade talvez só se mantivesse porque faltavam ocasiões prolongadas em que fosse possível provar se raciocinava ou não como o resto do mundo. Mas poderia não ser isso o que era preciso provar. Sua presença era fortuita e adequada aos momentos, embora não se propagasse nem para o passado nem para o futuro, de modo a aventar a dúvida; a intensidade que ele representava tornava nebuloso o destino que devia estar manifestando. Em geral o aceitavam como era, um peão prestativo, ginete consumado, mau conversador. Havia nele certo isolamento, mas era isso que o ajustava às situações pontuais. Se havia situações de outra natureza, fugiam para os límpidos céus pampianos com todo o seu cortejo de fantasmas, e nem mesmo um pezinho etéreo e nacarado ao levantar voo roçava no rosto do jovem. Afinal de contas, as exigências daquela realidade um tanto pobre e monótona não excediam muito suas distrações e seu conformismo sobrenatural.

Um homem já falecido o adotara muito pequeno e ele não se lembrava dos pais, nem de lugares anteriores. Desaparecido o seu protetor, continuava vivendo com o filho deste, um fazendeiro *criollo*, mal-humorado: desses homens para quem, a cada coisa que dá certo, uma dá errado ou, ao menos, é o que eles acham. Um sujeito irritadiço, impaciente. Casara-se com uma mestiça muito bonita, que depois ficou feia. Tivera dois filhos que cresciam com a beleza perdida da mãe, e depois vira como ela se dedicava ao rancor contra a mãe dele, que sobrevivia e mantinha certa ascendência sobre o filho, com quem, curiosamente, compartilhava o mesmo nome: Rosario, ainda que a chamassem de Sara. A nora detestava a sogra, como costuma acontecer, e a velha lhe correspondia em seu estilo de peçonhas lentas, mas não menos eficazes, como se verá. Ele se apartava, e com gosto teria visto as duas se perderem na distância, com todas as suas estudadas malevolências. Sua esposa se chamava Luisa, as crianças, Augusta e Manuel, e o bobo, Asís, o que não chegava a ser um nome, mas a onomatopeia pueril de um espirro.

Viviam numa casa grande e baixa, de barro pintado com cal rosa. Além da família, havia três índios, dois deles (não era fácil dizer quais) com esposas, um casal de velhos protegidos de dona

Rosario, um peão *criollo* com seu filho, mais uma índia e várias crianças. O trabalho, entre outras coisas, gerava o enfado do patrão no que diz respeito à inteligência do irmão adotivo. Daí nascia sua impaciência; tinha percebido que não havia outra coisa a fazer senão trabalhar para dissolver o tédio da vida... mas ao mesmo tempo o trabalho suspendia o pensamento, substituindo-o por uma mecânica sem sentido. Via Asís indo e vindo, ocupado: era real, sincero? Ou era uma piada que nunca tinha sido feita antes? Se dava bem com os animais, dormia pesado desde o pôr do sol, fazia movimentos de assombrado. Mas qual era o resultado de tudo isso? Era um idiota, um monstro? Ou era igual a ele, e a todos? Às vezes, em confidências furiosas, descarregava sua ira no ouvido de dom Palmiro, o peão; as mulheres nem sequer o escutavam, ainda que estivessem a par de suas cismas. Como acontece com todos os macambúzios, não era levado muito a sério. O próprio Palmiro se calava e olhava para o vazio. O que ele tinha a ver com essas dúvidas? Era verdade que tinha uma coisa estranha com o rapaz, mas no fim das contas havia muitos assim, ou devia haver. Esses olhos um pouco desorbitados de Asís, esses olhares cinza, não significavam nada. Mas então, Rosario dizia a si mesmo, por que compartilhava o mundo com eles? Pela simples gravidade atmosférica que fazia com que uma aranha não caísse de uma árvore? Uma ideia qualquer tomava o lugar de todas as outras possíveis. E por que não? A vida ensinava muitas coisas, mas todas caíam no vazio, o ar transparente das tardes virava-as do avesso e elas se desvaneciam. O incômodo de Rosario por não saber talvez se devesse ao fato de que desejava enxergar a diferença reveladora de uma humanidade inteira, e não estava disposto a esperar demais.

Fosse como fosse, apreciava-o, e não só por ter sido a *trouvaille* do seu pai. Suspeitava que era bom. Ainda que arisco, esquivo, tinha uma espécie de cortesia, atenuada pelo grotesco. Quando seus filhos nasceram, apegou-se a eles. Isso tinha comovido Rosario, o carinho muito feminino que o bobo havia mostrado pelos nenéns. Agora que tinham doze e dez anos, evitava-os com uma espécie de respeito atemorizado. Um dia foi sua esposa que condescendeu em lhe fazer notar que, durante toda a vida das crianças, Asís tinha ficado estupefato diante do fato de que um fosse homem e a outra mulher. Rosario, que não tinha muito apreço pela perspicácia de Luisa, ficou surpreso. E também advertiu, ainda que a posteriori: esse personagem enigmático olhava para um homem e depois para uma mulher. De modo que era disso que se tratavam os olhares ociosos: trocavam de objeto, e assim pensavam. Então não daria por certos os sexos? Encontrava ali um rastro, quase apagado de antemão, da lenta solução desse homem. Que a resposta ficasse para o futuro, para outras gerações, o exasperava. E não valia a pena interrogá-lo porque certamente ele também deixava a resposta de fora. É que na realidade ele estava fora. Segundo o silogismo de Rosario, se Asís pensava, não era bobo: era como todos, como ele. E se lhe era necessário pensar justamente na diferença entre homens e mulheres, então não era como todos e como ele, mas ao contrário: curto das ideias.

Viviam muito sós, porque o vizinho mais próximo estava a várias léguas. A velha era a única que mantinha certo registro de conhecidos, mas isso podia se dever apenas ao fato de ter vivido muito mais que eles. Além disso, usava seus raciocínios sociais como arma contra a nora. Uma vez, por exemplo, soube que o filho de um compadre seu tinha tido uma filhinha e, logo após uma breve deliberação consigo mesma, anunciou que faria um vestido para ela. Tinha fama legendária de costureira, mas nunca fazia nada, a não ser algum remendo sem graça. Luisa se encheu imediatamente de ira: não concebia que jamais tivesse feito uma roupa para os próprios netos e agora se daria a esse trabalho por uma perfeita estranha. Que outra razão podia ter senão incomodá-la? Durante semanas depositou fúria até no gesto de dar aveia aos porcos e, por três dias, não dirigiu a palavra ao marido, o que ele não notou, por suas preocupações. Era um verão de seca, sinistro, e Rosario temia que seus novilhos esqueléticos subissem aos céus a qualquer momento. Os homens transportavam o gado dia e noite em busca dos restos de grama e acabaram dispondo-o a léguas de distância, numas colinas cujo acesso se tornou tedioso. Fatigados demais para ir para casa, dormiam ali; as crianças tinham que levar comida para eles e voltar de noite, em meio às raposas.

Luisa ignorava com ostentação a lenta operária. Chegou a pensar que tinha sido um erro se casar. Soube que sua adversária cortava um tecido rosa e o barulho da tesoura lhe provocava esgares. Desviava a vista com vontade. Queria estar ausente de tudo, até da sua vida. Já Asís prestou atenção. Pela primeira vez, tinha motivos compreensíveis para fazê-lo. À luz pálida do rosa desse vestido, encontrava todas as alternativas do seu desconhecimento, atraindo-as para sua cabeça transformada num ímã subitamente carregado. Primeiro, ao ver se desdobrar o corpo e as mangas, em planos duplicados sobre a mesa, quando a velha os passava antes de coser.

Eram como uma roupa quando ninguém a usava, mas não inchava com o ar: estava desmanchada. De modo que os objetos tinham um estágio em que não eram tridimensionais! E então proliferavam. Interessante e muito sugestivo: porque o olhar sempre via planos distantes no mundo e deduzia deles a realidade próxima. Mas esta, por sua vez, podia parecer distante. Depois havia o tamanho. É certo que a velha, para marcar diante da nora o destino evidente da peça, cortara-a extremamente pequena, só para uma menina nas primeiras semanas de vida, de uns poucos centímetros, um luxo de fugacidade. Asís inclinava sua figura desajeitada sobre esses nadas meticulosos: as pessoas podiam ser muito pequenas, caber numa mão. E ao mesmo tempo essa nuvenzinha rosa que girava nas mãos da velha lhe sugeria o espaço inteiro, uma dimensão expandida. Porque bastava pensar para que as coisas ganhassem a amplidão fantástica do céu; podia estirar a mão e enfiar os dedos entre os astros invisíveis. Podia tirar os olhos do rosto, essas duas bolinhas de vidro escuro, e embrulhá-las no tecido rosa. Uma menina recém-nascida era pequena, ainda que não tanto: não desaparecia. E se ao nascer tivesse sido um menino... não faria esse vestido para ela. A diferença dependia de um momento que se projetava com força, o nascimento.

Ele mesmo só aparecia na casa às vezes, para testemunhar, no segredo de sua razão, os progressos do vestido (a costureira se demorava, por crueldade). Havia sido designado mensageiro e carregador entre a casa e as colinas, sobre cujo declive mais afastado se derramavam agora os novilhos, mastigando o tempo todo. Até a roupa para lavar Rosario mandava com o bobo: não queria repetir o trajeto: a repetição irritava-o tanto quanto agradava a Asís. A necessidade criava uma paisagem igual e ele teria preferido círculos espiralados a regiões novas; não imaginava que a viagem podia se abstrair da paisagem. Asís viajava flutuando. Seguia ou não seguia uma linha, deixava que o cavalo se aproximasse, pensando o tempo todo nesse vestido. Descobriu, assombrado, que pensar era uma forma de não pensar. Quando entrava na casa, suas próprias maquinações faziam-no sorrir como um místico. O objeto rosa permanecia no seu lugar; obstruía o mundo como um desejo, mas sem dor, com a transparência de uma folhagem disposta em perfis. Sentia-se uma estátua e via flutuar ao seu redor estatuetas microscópicas como ele. Mas nem a velha nem Luisa prestavam a menor atenção nele, magnetizadas como estavam no seu combate indireto. E como Rosario estava longe e o mau humor impedia-o de voltar, perdeu a oportunidade de estudá-lo num estado que lhe teria parecido muito sugestivo. Quanto às crianças, além do fato de que eram mais exemplos do que testemunhas, tinham outras coisas nas quais pensar.

Augusta, linda e mimada, não amava ninguém mais do que a boneca Lidia; sua família se perdia num limbo, simplesmente não conseguia prestar atenção nela. De qualquer modo, era preciso reconhecer que, com dez anos, estava na exata idade em que o amor e a indiferença se equilibram. Via tudo através da lupa da última e definitiva sutileza de suas brincadeiras. Havia muitíssimos anos, tantos quantos podia lembrar, Lidia estava nua: pois bem, nesse caso seria uma boneca selvagem. Tinham lhe dito que os índios não usavam roupa, nem pensavam nela. De modo que a história de Lidia vinha de outro lugar, suas razões estavam no avesso da vida corrente. Daí provinha uma ideia peculiar de Augusta: pensava que as meninas recém-nascidas costumavam se perder, aparecendo nos braços de uma mãe qualquer. Tudo muito romanesco, muito nebuloso; mas com certa carga de necessidade. Depois ninguém se lembrava delas. Nada tinha importância na vida das crianças. Dava no mesmo o que acontecesse com a boneca ou com ela. Isso quanto à bela indiferença. E no entanto... foi só ver o vestido rosa em progresso para se convencer de que precisava dele com uma urgência que nunca tinha sentido antes. Desta vez não podia esperar: o desejo ameaçava expulsá-la da sua indiferença: no próprio movimento da expulsão se dissolveria o seu amor pela boneca e, então, para que lhe serviria o vestido? Não poderia haver a menor sacudida: um tremor equivalia à inversão geral do mundo. Pela primeira vez, o tempo agia contra ela. Queria-o delicadamente seu, por magia, sem ânsias. A avó, é claro, se mostrou impermeável às suas aproximações, o que provocou seu choro e um ódio a mais em Luisa. Na menina, acrescentava-se um sentimento de injustiça, porque calhava de o vestido ter as medidas exatas de Lidia, na qual se tornaria eterno, enquanto que essa menina a quem estava destinado teria crescido quando o recebesse e, além do mais, havia a possibilidade de que já tivesse se extraviado, pela simples lei da fatalidade ou por um ataque dos índios e, nesse caso, além de não precisar do vestido, não poderia recebê-lo porque seria outra, muitas outras diferentes, na aura impensável de muitíssimas mães na distância. Uma situação, dizia a si mesma, de maldade em estado puro.

Manuel parecia ausente, mas observava tudo a seu modo. Era um menino magro, cavaleiro nato, que teria feito com folga o trabalho de meio peão se o pai tivesse permitido, o qual, pelo contrário, preferia que ele vivesse sob a saia da mãe e fizesse sua morada, por uns anos mais, na inconsequência da vida infantil. Era lógico que reunisse as manias do pai com o sentido prático da mãe (que tinha vindo do ocidente). Ninguém cuidava muito dele, nem agora nem nunca: não estava no curso principal dos acontecimentos e ele, como todos os adolescentes, vivia num estado quase sonambúlico, sem sequer reconhecer as pessoas; ainda que fizesse uma exceção com Augusta, exceção essa que era o centro da sua vida; em geral via o mundo como o meio que lhe permitia deslizar para perto da sua bela irmã. Tinha formado uma ideia particular da beleza a partir dela. Isso o predispôs a aceitar a posição de contiguidade absoluta das visões. Quando a viu remoer-se por causa daquele vestidinho de boneca, decidiu roubá-lo para ela; não entendia seus motivos, mas o seduzia a ideia de representar esse papel de intermediário superiormente dissimulado. Sobretudo pelo contraste: sua avó era uma górgona notória, detinha plenamente o vigor da vigilância, de modo que não se trataria de superá-la, mas de entrar e sair por uma dobra dessa cena de mulheres. Com o pai ausente e todo o andamento da casa perturbado pela seca, sua espécie de invisibilidade habitual se acentuava. O próprio conflito do vestido fazia com que sua mãe e sua avó não o vissem. Mas isso só tornava mais paradoxal o impossível: o vestido era invulnerável, o próprio olho das paixões. Não importava sua impunidade pessoal: teria sido como tentar escamotear a grande rocha que esconde o céu. Tinha que esperar e assim o fez; passou quase todo o tempo a cavalo, ao redor da casa e dos currais, ou então percorrendo descalço a copa das árvores e espantando os pássaros.

Até que chegou o dia em que o vestido ficou pronto, tão perfeito que parecia não ter lado avesso. Era como se fosse eterno, como se estivesse pronto desde sempre: não mostrava marcas do trabalho, que havia sido o seu motivo. Era geométrico, menor do que se teria esperado: um modelo em escala. O tamanho fazia com que sua cor se desprendesse do mundo: estava contido em si mesmo, com os extremos do ar transparente seguindo as bordas. A velha o embrulhou num papel e se dispôs a enviá-lo; como não confiava nos índios, teve que pensar em algo especial.

Aconteceu que, por acaso, nesses mesmos dias, seu filho tinha finalmente resolvido o nocivo negócio das vacas; tinham sido vendidas a um dos bandos de criadores de gado nômades que faziam seu negócio durante as secas levando os animais para qualquer lugar, segundo o curso dos fios de água sobreviventes ou seus leitos ainda úmidos. Pagavam generosamente com dinheiro da Confederação, ainda que isso fosse secundário: o principal era que levassem esse pesadelo de ossadas para onde ninguém voltasse a vê-las. Rosario estava tão cansado que jurou manter os campos vazios para sempre. E como tinha feito bons laços com os *gauchos* ofereceu-se para acompanhá-los, junto com Palmiro, até os contrafortes de La Ventana, agora como peão de boa vontade, quase de férias. Despachou Asís e os ajudantes para casa: ele voltaria em quinze dias, no máximo um mês. Podiam esperá-lo de socupados, estava cansado demais para dar ordens. De fato, se conseguissem trocar o dinheiro, não voltariam a trabalhar nunca mais.

Nessa mesma noite, assim que Asís chegou, a velha lhe deu instruções para levar o presente na manhã seguinte. Assentiu: conhecia o caminho. O jantar desenrolou-se num clima tenso de triunfo do mal e foram deitar cedo, Asís primeiro, fazendo cálculos óbvios para sair precisamente ao amanhecer.

Manuel também foi deitar, mas pensativo. Nessas noites, costumava dormir ao ar livre; o pai não estava, a avó roncava e sua irmã ia para a cama de casal com a mãe, unidas pelo rancor diante do desígnio da velha. Do seu catre, via-as ao amanhecer (era o primeiro a acordar na casa) afastando-se com precisas incrustações de sonho, fixando o olhar em Augusta: não era o corpo da menina que saía da superfície ofuscante da mãe, mas o amor mesmo que se desprendia dos sonhos, próprios ou alheios, na penumbra de uma repetição. A série de apequenamentos prolongava-se em fantasias, em cujo extremo, talvez... Por que Augusta teria cismado com esse vestido? Ainda que a verdadeira pergunta devesse ser: por que amava a boneca? De sua parte, não julgava a velha com paixão; podia fazer sua vontade e mandar para muito longe seu temível artefato. Em geral as mulheres se afastavam em fixações velozes, pela terra e pelo céu. Manuel era desses meninos que olham para o céu noturno, tão manchado e tão formoso. Via-o brilhar e respirava vivendo. Deu uma volta pela casa e se sentou no pilar do moinho. Seu cachorro amarelo, Jabón, veio na sua direção com patas de lã como um fantasma. Os animais não se importavam por não dormir ou não estar acordados. Nesta noite, ele também não. Com as mãos no pescoço do cachorro, o tempo correu instantaneamente. Agora a casa estava na penumbra e todos os ocupantes dormindo. A escuridão, vista de fora, tornava-se impessoal. Deixou os arreios à mão e foi até o alpendre para encilhar o seu petiço em sigilo. Tudo parecia extremamente fácil e sem consequências. Devia estar com sono afinal, porque se sentia pesado... ainda que sem peso: como se o estivessem enchendo com um gás. Volumoso e ao mesmo tempo laminado: poderia escorrer por buracos impensáveis. Sentia o contato do ar no rosto. Levou o cavalinho pela rédea até um monte a quinhentos metros da casa, onde montou e seguiu ao passo.

Orientava-se sem dificuldade pelo caminho que Asís faria ao amanhecer. Tinha um plano para interceptá-lo e o estava cumprindo. O segredo era fazer tudo antes, só isso. Mesmo assim, não era um plano simples, muito pelo contrário: estava disposto a correr o risco supremo da complicação e dava sua vida como garantia. Amanhã voltaria com o vestido, para Augusta. Nada mais natural e previsível. Assim como a grama crescia.

Na primeira colina olhou para trás; a casa e o monte eram um ponto preto contra um fundo preto que estava adiante, em cima, embaixo. Logo virou a cabeça na direção oposta e se fixou numa estrela baixa e grande: serviria para manter a linha reta. O cavalo também tinha que olhar para ela. Dom Palmiro uma vez lhe disse que os cavalos, galopando de noite, nunca pisavam nas formigas. Ainda que não fosse assim, dava o que pensar. E, além disso, a noite tinha algo de diferente de si mesma. Mais tarde, a lua produziu uma impressão diurna.

Com as primeiras luzes, Asís pulou do catre, se vestiu e foi até a cozinha buscar o pacote que a velha tinha preparado: estava ali, sobre a mesa; seu peso era nulo e o papel branco crepitava. Era um papel velho, guardado para ocasiões como esta. Foi até o galpão e saiu um instante depois com os arreios no ombro. Viu uma das índias bombeando água no meio do quintal e sentiu sede. Já estava quente, ou se pressentia perfeitamente o calor. Deu bom-dia, vacilou um momento e, por fim, pediu-lhe cortesmente de beber. Sem dizer nada, a mulher encheu o jarrinho e o estendeu para ele, que o esvaziou de um gole só e o devolveu, com os olhos muito redondos. Estava tonto de sono. Os movimentos se repetiram. Como tinha adivinhado que queria outro? Ela não tinha expressão alguma, nem sequer de incômodo. Perguntou-se se a teria atrapalhado. Era pequena e muito forte. Voltou a acionar o cabo da bomba e a água subiu rápido do fundo da terra enchendo o balde com um jorro cristalino quase contínuo. A torneira da bomba era um grosso cilindro de metal amarelo com o bico torneado. Dizia-se que as mulheres olhavam muito para ele, às vezes demais. Afastaram-se ao mesmo tempo, a índia em direção à casa e Asís em busca do cavalo. Perguntou-se se sempre haveria pessoas assim, nas beiradas da aurora, que não falavam. Uma vez, disse a si mesmo como se tivesse passado muito tempo, uma senhora me deu dois copos d'água.

Já tinha se afastado até perder de vista a casa quando o sol nasceu às suas costas. Inevitavelmente devia marchar pelo prolongado rastro da sua sombra. Olhava o tempo todo o deslizamento volátil do desenho no chão, que lhe servia para manter o rumo. Com o passar das horas, a sombra se retraía: era elástica e o sol aumentava a tensão. Viu saltar em direção ao nada a sombra de um gavião; depois ouviu o grito. Ao meio-dia, ardiam-lhe os ombros sob a camisa e apressou o trote até chegar ao primeiro dos dois riachos que iria atravessar. Molhou um pouco a cabeça e comeu o pão e o queijo que trouxera. Depois ficou uma meia hora sentado na sombra: seguia com o olhar as libélulas, cujo silêncio o aliviava do barulho das cigarras. De qualquer modo, umas e outras eram fenômenos opostos à atenção. Uma lontra mergulhou à sua frente. Uma galinhola passou fustigando a água.

Quando voltou à marcha, a paisagem lhe pareceu mais plana e uniforme. Já tinha deixado para trás vários pampas, mas a fileira prosseguia, pontilhada às vezes pelo alarido de um quero-quero, quando não pelo repique de uma perdiz. Não havia muito no que pensar: chegaria de noite e retornaria durante todo o dia seguinte. De modo que amanhã voltaria a ver este mesmo espetáculo nulo, mas ao contrário. Sentia a modorra da sesta, mas não queria dormir. Causava-lhe certo pavor a ideia de um ginete adormecido, que atravessasse as solidões. Mesmo que vistos à distância, pensou, o adormecido e o acordado seriam iguais.

Já caía a tarde quando bateu o vento do leste, empurrando-o pelas costas. A turbulência envolvia suas orelhas, grandes e separadas do crânio. O sol batia na sua cara e, com os olhos entreabertos, ouvia melhor o sussurro desses vastos recipientes vazios de metal do horizonte. De repente, soaram notas de gritos e gargalhadas, tão distantes que só a frequência do vento as tornava perceptíveis. Por um instante apenas e depois a consoante misteriosa do ar. Ficou intrigado. Era o emblema sonoro dos índios, mas como podia vir da região que tinha deixado para trás? Tinha cruzado com eles sem vê-los? Impossível: ninguém dormia de dia. Teriam girado a partir do norte? Ou ele tinha percorrido um arco, acreditando ir em linha reta?

Apareceu ao longe o monte do segundo riacho, onde não pensava em parar mais do que alguns minutos para dar de beber ao cavalo. Porém, enquanto estava entre as árvores, viu aparecer pelo outro lado um bando de índios. Correu para se esconder antes que chegassem. Deixou o cavalo amarrado a um tronco, onde lhe pareceu mais certo que não passariam, e se estendeu num desnível para espiá-los. Estava apavorado. Por pouco não os encontrou no descampado, e isso teria sido fatal. Eram uns dez, escuros e magros, sem roupa, nem pintura, nem arreios. Pararam no meio do vau e cruzaram as pernas em cima dos cavalinhos, que bebiam com a água até a metade das patas. Conversavam em voz muito alta e agora os pássaros vespertinos começavam a gritar também. Asís temia que algum o delatasse e que entendessem sua língua. Mas não eram índios de feitiço, e sim muito reais e profanos, tanto que nem todos tinham lanças. Tomaram água, se refrescaram sumariamente, sempre falando, e uns minutos depois já estavam indo embora; ao sair da orla das árvores, brilharam de repente e soltaram gargalhadas. Desapareceram rumo ao leste. Asís correu até o esconderijo do seu cavalo, montou e seguiu seu caminho em direção ao oeste, ansioso para aumentar a distância entre a horda e ele.

Enquanto acontecia essa cena, Manuel tinha roubado de Asís o vestidinho. Detrás de uma árvore o viu ir embora e ficou sozinho, com o pacote de papel branco entre as mãos. Tremeu por um momento: esses índios tinham-no assustado e mais ainda por vê-los indo na direção da sua casa. Pensou que seria mais prudente permanecer a noite toda ali no monte (havia conduzido seu petiço por entre umas barrancas longe do vau), inclusive por todo o dia seguinte: talvez visse os índios retornarem. Por enquanto, o rumo familiar parecia povoado demais de desconhecidos... Era a primeira vez que via selvagens e se perguntava o que queriam.

Não se importava de ficar sozinho. Poderia ter alcançado Asís, mas isso revelaria seu ardil. Em todo caso, poderia se unir a ele quando voltasse. Preferia acampar ali uma ou duas noites. Tinha seus anzóis e sabia assar os dentuços carnudos que proliferam nesses riachos. Tomou banho, subiu sem roupa numa árvore e viu o sol se pôr. Na manhã seguinte, procuraria ninhos, e voltaria para casa à tarde.

Mas nessa noite viu passar mais dois *malones* e nos dias seguintes outra dezena. Perdeu a conta dos índios. Ficou uma semana escondido no riacho e, por fim, decidiu seguir em direção ao norte, remontando a corrente, até as serras, de onde poderia descer a salvo sem atravessar esses pampas longos que agora lhe pareciam tão expostos. Era uma travessia que podia levar semanas, mas não tinha pressa e gostava de explorar. Além disso, havia a possibilidade de encontrar o pai mais acima, certamente também isolado por causa dos índios, e voltariam juntos. Foi indo devagar, sem se afastar do abrigo sinuoso da fileira de juncos na água.

Quanto a Asís, assim que se afastou do riacho topou com um bando de índios cabeludos, sebentos, fantásticos na sua pequena multidão buliçosa. Moviam-se como água colorida em redemoinhos que desconcertavam o olho. Eram fantasmas, entre o individual e o coletivo. Os pôneis prateados de pólen de acácia, focinhos de espuma, numa inquietação permanente, ansiosos por um almoço com sal. E gritavam, só faziam gritar; era menos do que uma palavra articulada, porém mais do que a voz na boca.

Comunicavam sua risada anômala pela manifestação do objeto de suas violências no vazio. Declaravam presença sem a menor delicadeza, sem admitir réplicas. Nem sequer o olhavam: olhavam-no os torvelinhos de provocação, as horas de medo contraídas em fragmentos cristalinos de instantes.

Nem seria preciso dizer que não tivera oportunidade de se esconder, mas lhe salvou a vida justamente sua transparência ambígua e até o seu gesto atônito. O que era esse humano que não gritava como um quero-quero, que não se deslocava como uma nuvem e que nem sequer se fechava como um amável livro ilegível (porque não sabiam o que era um livro)? Decidiram levá-lo de presente ao seu rei bárbaro lá no sul, que não tinha um gabinete de curiosidades, mas a quem não faltava espaço para um exemplar raro.

De fato, iam rumo ao sul; tanto Asís quanto o menino tinham se enganado em suas suposições: os índios não iam nem vinham, mas retornavam do norte num trajeto ondulante que os fazia cair ora a oriente, ora a ocidente, de sua reta extraordinariamente imaginária, sem se importarem nem um pouco. Traziam carregamentos de um licor qualquer, em boa medida já dissipados. Iam regando bebida forte pelos pampas, o que constituía um estilo de vida como qualquer outro, de resto muito metódico. A chave estava na quantidade e na rapidez com que o fluido fazia o ciclo dos cérebros. Quando gritavam o faziam correndo mais e mais. Asís nunca havia provado nem provaria uma gota, e eles devem tê-lo "cheirado", daí que o tenham assimilado como um bibelô humano. Produzia-lhes uma hilaridade tangencial ao hábito de beber.

Pintavam-se como palhaços, o tempo todo. O que também era uma maneira de viajar: pintados. Nus, opunham-se ao vigor opaco do clima. Corriam muito, ou se abandonavam à preguiça. E se extraviavam cotidianamente com o pôr do sol. De modo que a viagem começou durando dias, depois semanas, finalmente meses. Pelo menos as estações se modificaram. Perdia-

-se a conta do tempo tanto quanto da direção. As direções se superpunham e se acumulavam. A vida era eminentemente inútil.

Quando Asís descobriu que o vestido rosa não estava com ele, nos seus primeiros dias de cativeiro, teve um motivo adicional (o que faltava) para pensar. Os índios não tinham tocado nele, nem nele nem nos seus arreios, de modo que não podiam ser os ladrões. Não havia ladrões. Era como se o vestidinho tivesse evaporado. Isso ele podia aceitar. No fundo, não importava. Não era apegado aos objetos. O que o fazia pensar era outra coisa, e precisamente o fato de que fosse outra coisa, que tornava indiferente o que passou, foi o umbral do pensamento, uma forma nova de trabalho mental, que não o abandonaria.

O que não existia, em outro momento tinha existido; de tal modo que bem podia acontecer o contrário. Na realidade, uma dialética constante e objetiva de presenças e ausências agia. Sobre ela, seria possível edificar uma teoria completa do amor, ou da poesia, ou de ambas as coisas.

O vestido rosa, a que por um momento tinha dado uma importância especial, uma espécie de peculiaridade mundana, agora desapareceria (pela segunda vez), ao se tornar cifra de um mecanismo independente das coisas. Era necessário um mínimo de perspicácia para viver; bastava captar o que há de mais espesso nos fenômenos, o "borrão" que produziam no ar. Outra coisa eram as sombras (os pensamentos), e esses índios que deslizavam tão rápido o ajudavam a entender. Os índios, se bem olhados, eram pura ausência, mas feita de uma qualidade exclusiva de presença. Daí o medo que provocavam. Já para o pensamento, tudo parecia inofensivo.

Quando chegava ao fim desse novelo de raciocínios, já estavam na aldeia, que não era grande coisa: dois arcos de toldos muito separados, à beira de um vale nebuloso, às margens de um rio. Era incrível que já estivessem no seu destino: subitamente a viagem ganhava peso, importância. Na chegada, ocorreram duelos, querelas, quase uma guerra civil por causa dos equívocos em que tinham se envolvido as famílias no ínterim expedicionário. Mas o resultado não foi outro além de uma série de mudanças desvairadas e uma maior confusão nos arcos. Por esse motivo, e alguns outros, ninguém prestou muita atenção em Asís, que passou meses como convidado flutuante aqui e ali. Aprendeu a língua, se tornou tecnicamente um índio, assimilado, e acabou vivendo por viver, ainda que sem se casar. No fundo, não tinha a melancolia suficiente para ser súdito indígena. Por que teria? E como responder à melancolia? Mantinha-se à margem, ainda que as mulheres o considerassem atraente. De certo modo, era o mais belo dos índios, o mais alto e forte. Mas isso se devia simplesmente, pensava, ao fato de que não era índio. Era um bufão sério, um degustador sutil de indiferenças, e a única coisa que tinha era um resíduo de relato fantasmal para contar. Entre outros, contou-o ao rei.

Era no mínimo curioso que nessas democracias selvagens houvesse reis. Mas aqui havia um, e Asís, não menos que qualquer outro, podia vê-lo diariamente e prosear longo tempo com ele.

Era um sujeito taciturno, que não encontrava razões para sua vida e toda hora topava com as razões alheias. Só o poder caía-lhe sobre a nuca como um halo amarelo-cinzento, sem significar nada: seu próprio cérebro, fora dele, não podia ter pensado menos. E além disso se reproduzia em filhos inumeráveis, como efeito de certo vago temor do passado sobre cujos rastros vivia. Mas com o tempo tinha chegado a comprovar que as dimensões das crianças, não menos do que o amor de suas esposas, amplificavam o medo, só que num futuro não intenso, desligado. Sendo abstrato o seu poder, que ele não exercia, servia-lhe de báculo para viver. Anárquicos, os índios conformavam o substrato de um indivíduo que cumpria as funções, por assim dizer, de uma música, um mediador do tempo, político da organização dos momentos.

A história de Asís cresceu muito devagar no vale ao longo dos anos. Não tinha um argumento complicado, o que equivale a dizer que não tinha nenhum argumento. Demorou muito para encontrar sua forma, talvez porque se tratasse da forma de um sentido, *sem* esse sentido. A vida ociosa dos índios, a proliferação de repetições que formava a vida cotidiana, tudo contribuía para torná-la propícia, para fazê-la flutuar na sua atmosfera social pouco densa. De fato, não passava de uma comprovação: era uma vez um vestidinho, e ele desapareceu. Nos termos de suas dicotomias pessoais, o tema ganhava um contorno feérico.

O rei começou a teimar. Se ele tivesse esse vestido, teria mais uma filha, a última (a mais nova), e a vestiria. Seria uma rainha e, como o tempo começaria a correr ao contrário, a melancolia geral de suas vidas se dissolveria. As crianças índias não se vestiam, o que lhes comunicava a fragilidade casual da natureza: só uma roupa mágica (uma roupa que havia desaparecido) podia mudar as coisas. Tinha ouvido dizer que do outro lado do mar existia uma rainha, Vitória, que fazia a humanidade feliz com sua vida privada. Talvez, dizia a si mesmo o cacique, o poder não fosse nada além de uma questão de tamanhos.

Foi assim que a história, ao cair numa mente predisposta — uma mente que estava fora de uma cabeça, do mesmo modo que a história —, deu origem a um projeto, do qual por sua vez saiu um amplo mito: o mito do *malón*. O rei decidiu enviar os seus guerreiros à fronteira branca, até encontrar o vestidinho. A descrição exata não importava: não podia haver mais de um. Mas suas forças eram incompetentes, de modo que ele se viu na necessidade de fazer alianças (casou-se mais uma vez), inventar estratégias eficazes, erguer todo um simulacro de império nos vales e se sustentar na crista de um domínio que tinha se multiplicado. Até que, enfim, as hordas partiram.

Não contara, porém, com a lentidão teatral de tudo, nem com a ambiguidade dos efeitos. Velho e debilitado como estava, contraiu a tísica no seu habitat úmido e morreu. Seus guerreiros, já numa segunda geração de buscadores do vestido, habituaram-se a deslizar pelos pampas da província de Buenos Aires, fizeram do niilismo e do assassinato um modus vivendi neutro como a botânica. De suas correrias nasceram impérios mais sólidos, embora menos duráveis, do que aquele que representavam originalmente. Casaram-se com cativas gordas e malvadas, fizeram a fortuna dos contrabandistas de Santa Fé, não deixaram um rancho em pé, e beberam.

O anel, ou nó, que o percurso de Manuel desenhou em sentido contrário foi inteiramente diferente: não exótico, familiar. Ele tinha pensado fugazmente que o desvio, sendo o que é, levaria mais tempo do que o previsto. Não estava voltando diretamente para casa e nisso já havia alguma coisa que multiplicava a si próprio. Não suspeitou, porém, que se trataria do próprio tempo; que o tempo, e não a viagem, seria a matéria da sua travessia. Talvez, se tivesse visto paisagens diferentes... Mas andou sempre por lugares conhecidos, ou só um pouco fora deles; era como se mantivesse à vista a borda externa do mais conhecido e, mais além, o que conhecia um pouco menos. Por isso foi o tempo: porque eram os mesmos dias e as mesmas noites que se sucediam. Não foi outra vida, mas a mesma.

E é bem sabido que o tempo é o que há de mais familiar e habitual, o rosto que reconhecemos com mais naturalidade. Sem saber, procrastinava. Em qualquer ponto em que estivesse sabia que estava a um passo da outra linha, a reta que une rapidamente os lugares. Interveio num prolongado jogo de corridas consigo mesmo.

Como costuma acontecer com as crianças que viajam sozinhas, encontrou com numerosos adultos de todos os tipos. Todos lhe dirigiam a palavra, todos o levavam e traziam daqui para lá, às vezes durante meses. Era cortês e prestativo. Achavam que estava perdido. Conheceu fazendeiros, boiadeiros, traficantes, índios mansos que colonizavam espaços incertos, apenas para abandoná-los na primeira oportunidade que aparecesse, e até selvagens contrabandistas de gado. Desses teria se escondido, se o tivessem visto. Chegou a conhecer, em algum encontro, representantes dos divertidos *ranqueles* do norte, sempre carregados de cativas ou meros bebedores. Havia momentos em que se perguntava onde estava, o que estava fazendo: deviam estar esperando por ele em casa... Mas a terra, dizia, não é grande nem pequena; os humanos se deslocam pensando e a vida transcorre de qualquer modo. Notava isso em todos os que conhecia no deserto. Empreendia, perto ou longe, alguma viagem, fazia amizades, reconhecia um morador, uma parada, uma lagoa: será que não estaria andando em círculos? Não tinha importância.

Assim, a viagem o transformou num moço vaquiano, um homem, que falava línguas e conhecia à perfeição a área de suas andanças. Por toda parte sabiam dele, o apreciavam, até tivera amores, muito de passagem, sem verdadeira atenção. Recebia tudo com agrado; para ele, tudo era hospitalidade.

Andava assim, encadeando uma mudança em outra, quando começou, em setenta e cinco, a grande onda de *malones*. A propriedade imóvel se tornou volátil por excelência: os animais pareciam se escamotear aos olhares com uma magia peculiar, o que não tinha nada a ver com o seu peso ou solidez. Tudo se tornava transparente, inclusive as notícias: do outro lado de um relato apavorante, viam-se seres humanos em seu essencial estranhamento. Ninguém reconhecia os índios. Podiam dizer apenas que eram perigosos, mas é verdade que tudo podia ser perigoso. Os movimentos tornaram-se mais rápidos, insensivelmente. Ele continuava enrolado. Estudou as linhas de ação. Um dia, muitos anos atrás (sempre lembrava disso), tinha visto os índios com seus próprios olhos e sob a luz do sol. O brilho de suas pinturas continuava cegando-o. Em nenhum momento teve medo, no entanto. A terra continuava tão opaca e firme como sempre sob seus pés. Reencontrou-se vertiginosamente com todo tipo de conhecidos. Contavam-lhe que muitos tinham morrido, flechados ou queimados. Isso dava no que pensar.

Até que um dia chegou aos seus ouvidos, por acaso, uma história intrigante (para os outros): dizia-se que os índios, os quais ninguém tinha visto, estavam loucos, definitivamente. Invadiam os campos em busca de alguma coisa muito precisa, quer dizer, muito insensata: uma roupa rosada de menina. Um vestido.

Teve um sobressalto: perfeita repetição.

Trazia-o consigo, como sempre, embora havia anos não olhasse para ele, carga preciosa e inútil, na qual não podia sequer pensar, menos ainda do que nos índios: escapava-lhe sempre. Teve que reconsiderar: era muita coincidência. Tinha sido um pouco mais que uma surpresa. Receou que fosse uma espécie de piada, de rumor; era um jovem muito cauteloso em relação à sua virilidade. Teria caído numa armadilha imensa e sinuosa? Havia tanta gente que o conhecia, que tivera oportunidade de averiguar seus segredos — não tinha quase nenhum. Se aprendera alguma coisa ao longo do seu crescimento, de resto tão acidentado, havia sido precisamente que tudo era possível, inclusive essa possibilidade genérica que parecia envolvê-lo agora, uma conspiração em que ninguém teria pensado, mas da qual a sua reputação seria a vítima.

Disse a si mesmo que tinha chegado a hora, afinal, de voltar para casa e dar uma explicação para sua irmã. E como nada o impedia, pôs-se a caminho, com as maiores precauções de ginete solitário; na realidade, desandava os seus próprios giros, pisava onde tinham vindo parar seus velhos rastros. Viajou de noite, durante meses.

Historicamente, o movimento dos índios foi interpretado como uma tentativa de enlaçar todos os pampas do sul num único sistema de multiplicidades selvagens. Só que não se sabia bem ao sul de quê, e o mais frequente era que se achassem ao norte das populações. Esse era o defeito da consideração histórica in situ: faltava a exposição ampla, de mapa, de efeitos que as variações dos matizes de um crepúsculo e todos os vaivéns do ânimo e do sonho tinham em sua microscopia. Na realidade, os índios eram pura exterioridade em relação às relatividades dessa ou daquela posição no país. Não valia a pena procurá-los e, muito menos, encontrá-los. A própria identificação estava em jogo, e as grandes distâncias vazias contribuíram para afinar as óticas de suas pinturas. Havia quem afirmasse tê-los percebido em noites sem lua. Milhares de mortos, lançados ao acaso das léguas e dos meses, entreteciam-se sutilmente em lembranças alheias — mas ninguém sabia ao que ou a quem eram alheios. Se não havia dúvida de que os índios se propunham a "fazer algo" com sua própria verossimilhança dispersa, então tudo lhes era permitido, inclusive viajar. Eram um vendaval, uma fugacidade que trabalhava com os grandes blocos atmosféricos da política continental. O próprio San Martín se ocupara da questão, quando planejou o grande périplo por mares e soberanias diferentes (algumas das quais teve que arrancar do nada), numa tentativa de ficar de costas para os inimigos fortificados no Alto Peru. Fracassou, é claro, mas deixou um antecedente de estratégia de localizações mágicas que haveria de ser desdobrado, pela última vez, na grande onda de *malones* do vestido rosa. Pela cordilheira, a grande tela em que ninguém chegava a acreditar, filtravam-se insinuações e desapareciam os fantásticos corpos decorados pelo urucum vermelho. Enquanto isso, esses hábeis administradores da ficção que eram os funcionários do império de Salinas Grandes pactuavam com os militares de Buenos Aires, e os fazendeiros aproveitavam para apresentar reclamações sobre linhas de terra transversais em meridianos abstratos ao anel de pampas sobre os arroios do sul.

No meio de toda essa excitação, mas alheio a ela, um dia Manuel chegou ao que havia sido a sua casa e não encontrou nada. Chegou ao meio-dia e achou que a casa simplesmente tinha voado. Sob a luz, o plano do pampa estava silencioso: parecia fundido em si mesmo. Seu cavalo se aproximava de algum ponto, mas era como se ele se afastasse pelo outro lado. Onde estava esse lugar, o mais real de todos? De repente viu uma árvore junto a ele e se surpreendeu por não tê-la notado antes. Reconhecia-a, é claro: havia um ninho na forquilha e um ovo amarelo nele. Olhou por cima do ombro e viu os restos da casa, a tapera. As coisas apareciam lentamente: outras árvores, as marcas dos pátios. Fazia anos que ninguém andava por ali. Pôs o pé na terra e deu umas voltas, pensativo. De fato, a casa havia desaparecido: ficava o contorno dos cimentos; em algum lugar um fragmento da parede, horizontal ou afundado. Além de não existir, tudo parecia diferente. Sentou e comeu alguma coisa que trouxera; depois foi percorrer os arredores. Os vizinhos também não existiam; era uma história concluída, desorbitada. Voltou à tapera ao entardecer e o chamado da coruja o entreteve até a aurora. Não dormia, mas também não pensava. Pelo contrário, era uma espécie de despertar: movido pelo amor da sua irmã, tinha se arrancado do sono da infância, tinha roubado um passaporte irrelevante que o levou mais longe do que se propunha e agora se deparava com o fato de que era um homem. Percebeu pela primeira vez: a vida se tornava real e a necessidade descolava do mundo os volumes em que era preciso fixar a atenção e o pensamento. E o mais curioso é que era aleatório. Naqueles tempos, sempre se falava do trágico, da necessidade, do inevitável; ele tinha sido criado com esse murmúrio e agora precisava reconhecer que nunca tinha visto a necessidade; na verdade parecia necessário que ela não fosse vista. Tudo era comédia, altos e baixos, acaso.

A única coisa necessária era o rosa do vestido e, quem sabe, seu tamanho. Não que ele o tivesse em seu poder. Se pudesse dá-lo para Augusta! Imaginava-a uma cativa entre os índios, a menina numa dimensão diferente daquela dos adultos impossíveis que a ostentavam, levando-a para longe... Mesmo que ela também tivesse crescido. (Augusta, resplandecente de brancura entre os corpos avermelhados.) Viu o sol nascer pela última vez naquela que havia sido sua casa e foi embora.

Iria atrás dela, estivesse onde estivesse. Necessariamente devia existir um lugar onde brilhasse sua presença. Começou a percorrer terras, mas o gesto não bastava: havia outras terras, ou a mesma se difundia para além do clima, do tempo de percorrê-la, dos acidentes que constituíam uma viagem. A vida era estranha, complicada. Não bastava pensar que havia sonhos que eram a correlação necessária de não a encontrar. Tudo era sonho. Foi então que saiu por fim do círculo familiar; seu trajeto tornou-se linear; introduziu-se no território indígena e o percorreu num arco amplo que se inclinava para o sul. Aprendeu violências, e as esqueceu. Havia temporadas em que esquecia tudo e se via em regiões de bruma, onde a grama crescia com esse rumor surdo que parecia, por si só, capaz de transformar as coisas. Por vezes, era ele e mais nada: uma tensão na hora de se espreguiçar. Não obstante, descobriu que não se podia falar de "deserto": o mundo todo estava habitado. Os territórios eram grandes óvalos acolchoados pelas nuvens e em cada um deles uma nação diferente fazia caminhos, erguia hermas momentâneas de fogo ou espreitava veados. Havia nações que não existiam: tinham se extinguido ou afastado. E isso parecia pouco importar. A manifestação atual era um dado a mais, sem privilégios ostensivos sobre os outros. Eram muito artistas.

Em certa ocasião, viajou com quatro índios irmãos que se encarregavam de levar vinte crianças de ambos os sexos. Percorreram centenas de léguas, muito devagar, durante dois invernos e dois verões. Em todo esse tempo, não chegou a entender para onde iam. Ele não ligava muito, mas lhe serviram de desculpa para espiar algumas comarcas intrigantes, das quais essa companhia era uma chave pouco menos do que mágica.

Depois, já muito adestrado em camuflagem, passou alguns anos como súdito de um déspota da terra, um índio que tinha passado a vida brincando de exército. Jamais tinha acreditado que a guerra imaginária, como entretenimento, pudesse dar vida a uma sociedade inteira e mantê-la ocupada por décadas, talvez séculos. Não foi tempo perdido, porque esses selvagens, ainda que desvairassem no geral, eram diligentes no particular. E, além do mais, viajavam; ele aderiu a todas as suas embaixadas e, da mais extrema delas, passou a outro estágio, a tribos mais fantasmagóricas e fugazes, onde nem sequer a subsistência contava.

Os selvagens costumavam falar com desprezo da "bagatela" do círculo, da mandala, esse serviço para tímidos; errabundos impenitentes, o que se fechava parecia-lhes muito pouca coisa, inclusive o orgânico que se fechava: por isso se pintavam. Seus próprios cabelos, madeixas emaranhadas feito crinas, se desfaziam numa corrida em linha reta.

Porém, com o tempo, Manuel chegou a pensar que continuava preso na mesma "bagatela": toda a mudança consistia em fazer o papel do ausente que aparece. Além disso, encontrar Augusta (e inclusive *não* a encontrar!) teria sido entrar em alguma espécie de círculo; o vestido mesmo estava no seu próprio círculo mágico portátil. Para que simular? Todo esse turismo era inútil, bugiganga etnológica. Não valia a pena dedicar tanto tempo a isso. Na sua vida houvera uma espécie de desencontro, em nada trágico, antes uma distração, um piscar de olhos. Mas não podia permitir que se repetisse. Quando viu as montanhas do ocidente, o grande simulacro de altura, teve a iluminação definitiva. Sobre as muralhas de pedra preta, onde viviam as araucanas de rosto terrível, nuas no vento da neve, via a figura amável e pequena de uma *chinita* que tinha conhecido no seu pampa natal, filha única de um chacareiro que gostava dele com bom afeto de pai e tinha lhe oferecido trabalho. Sem pensar mais, desandou todo o caminho, voltou ao círculo de terras familiares, agora para sempre, e conduziu o seu cavalo até onde estava a jovem bonita, com quem se casou, viveu muitíssimos anos e morreu de velho. Foi feliz, como podem ser os seres humanos. Teve filhos e muitos netos, entre eles uma boa quantidade de meninas. Mas nenhuma delas usou o vestido rosa ao nascer e isso por uma circunstância casual.

Fazia quase dez anos que se casara e tinha cinco filhos, todos homens (o primeiro havia nascido aos quatro anos de casamento). Certa tarde, pouco antes de que sua esposa desse à luz pela sexta vez, passou pela sua casa um forasteiro em trânsito para o oeste e pediu pensão para a noite, como se costumava fazer. Os peões, embora pouco expansivos, eram aficionados às novidades e recebiam com gosto qualquer transeunte, que inevitavelmente vinha de muito longe. Mostraram-se cordiais e mandaram buscar o patrão, o mais curioso de todos. A ocasião foi especialmente bem-vinda para Manuel: estava nervoso por causa do parto iminente da sua mulher e não conseguia se concentrar no corriqueiro. Logo se dirigiu ao galpão onde estavam tomando mate, cumprimentou o viajante e se sentou diante dele: um homem curtido, distinto, de olhar indiferente e modos corteses. Falaram um pouco sobre o clima e a política. O que mais chamava a atenção no homem era o seu emprego do idioma, como se fosse uma língua estrangeira, com voz precisa, sem o menor balbucio e uma cuidadosa escolha das palavras. Qual não seria a surpresa de Manuel ao reconhecer, na penumbra do crepúsculo, seu tio adotivo, Asís.

Deu-se a conhecer. O outro o contemplou atônito por um instante, durante o qual pareceu mais do que nunca quem tinha sido. Os dois homens se levantaram e se abraçaram; Manuel sentiu, emocionado, que era infantil nos braços de Asís, como seus próprios filhos nos seus agora. Falou intermitentemente, contou-lhe sua vida, suas viagens, seu casamento e terminou dizendo: era pena que seu pai não estivesse com eles, como teria gostado de poder ver Asís; toda a dúvida, que o havia irritado tanto, tinha sido afugentada. O homem que tinha diante de si irradiava aprumo e razão. O outro, o daqueles tempos, aparecia-lhe como um fantasma pálido, sem propósito. Asís sorriu (foi a única vez que o fez). Admitiu que a convivência com os índios o tinha transformado, mas para ele mesmo a "dúvida", como a chamava Manuel, continuava intacta. Não tinha se casado, nem sequer tinha se assentado definitivamente. Não disse muito, porque não podia explicar nada; precisamente disso se tratava. Nem sequer os anos dilatados e a variedade do mundo tinham oferecido a ele a oportunidade de responder a seu destino. Sacudiu a cabeça, encolheu os ombros e Manuel ficou pensativo.

Quando um momento depois, ao acaso da conversa, surgiu o nome de Augusta, Asís comunicou-lhe com toda naturalidade uma notícia extraordinária: tinha se encontrado com ela e não muito longe dali, casada com um fazendeiro de Lartigau. Manuel abriu muito redondos os olhos, sem palavras: conhecia a área, eram mesmo vizinhos! Achava inclusive que sabia quem era o homem, talvez até o tivesse visto. Fez perguntas: tinham se falado?, ela o reconheceu? Asís tinha falado com ela alguns meses atrás, quando vinha em direção ao oriente (sua viagem tinha a ver com os impostos da vila de Azul); era uma bela mulher, muito parecida com sua mãe, com filhos já adolescentes. Assentiu devagar: tinha lembrado, como esqueceria? Tinha dito: daria tudo o que tenho para voltar a abraçar o meu irmão. Agora tornaria a vê-la, ao voltar, e lhe daria notícias dele. Como se alegraria! Manuel quase não falou mais. Uma angústia muito doce apertava-lhe o peito.

No dia seguinte, ao amanhecer, acompanhou o seu tio no café e depois saíram; um menino tinha escovado seus dois cavalos e os trouxe até a varanda. Ficaram em silêncio um momento, olhando o campo. Manuel convidou-o para ficar. Oferecia-lhe sua casa e sua fazenda. Nada lhe daria tanta satisfação quanto tê-lo ao seu lado, que fosse seu pai. Asís negou com a cabeça, sem violência, mas de modo muito definitivo. Agora morava muito longe, com índios, que o estavam esperando. Nem a vontade nem o acaso bastavam para mudar as vidas tal como aconteciam. Mas talvez pudesse voltar dali a alguns anos. Fez a promessa. A vida, disse, tinha suas lentidões.

Então Manuel lhe entregou uma pequena bolsa de pano e pediu que olhasse o que havia dentro. Era o vestido rosa. No momento em que o viu, Asís se sentiu de repente para além do estupor. A vida era de fato lenta. Não houve explicações. E o que poderiam dizer, de uma puerilidade de outro mundo, de uma travessura? Amarrou os barbantes da bolsinha. Faria o favor de dá-la para Augusta, como presente do seu irmão? Assentiu. Abraçaram-se novamente e, em seguida, ao passo do cavalo, Asís achou-se no meio de um horizonte circular sem acidentes. Tudo tinha acontecido muito rápido, parecia-lhe, entre a meia-luz da tarde e a da manhã. À medida que o resplendor se assentava sobre o pampa, era como se o sonho voltasse. A realidade sempre se furtava. Nunca mais voltou a ver Manuel, que horas depois foi pai novamente, de uma menina tão bela e pequena e bem formada que lembrava uma boneca.

Asís avançou em direção ao sudoeste, dois ou três dias de viagem tranquila, acampando muito cedo, assim que essas faixas de cores tênues no horizonte começavam a escurecer. Sentia como a noite se propagava do ar a outras coisas, inclusive a ele mesmo. Às vezes, via o reflexo do último sol nos olhos de uma lebre adoradora. Nessas noites acordou uma e outra vez, sob as estrelas, com um pressentimento sem nome nem forma. De madrugada, retomava o caminho; viajar de novo com o vestidinho perdido lhe produzia a sensação de um sonho.

Foi interceptado por uma parte grande e difusa das tropas de Roca, que marchava em trem de guerra em direção similar à sua. Caiu imperceptivelmente na rede de partidas, avanços ou retaguardas, que se confundiam ao acaso sobre um terreno de operações sem alto ou baixo. Num primeiro momento, ao vê-los correr, tomou-os por índios de tribos para ele desconhecidas. Vestiam-se de azul desbotado ou parecidos aos *gauchos*; diferentemente dos índios comuns, todos tinham barba e quase todos as levavam horrivelmente emaranhadas. Dava para acreditar que civilizações submersas tinham voltado de repente às andanças. Perguntou-se como podia ter entrado nos territórios deles, sem ter se proposto a isso.

Os soldados, por sua vez, confundiram-no com um índio e o fizeram prisioneiro. Não quiseram escutá-lo, e Asís na realidade pouco tinha a dizer, tão surpreso estava. Com o passar dos anos, tinha adquirido traços de selvagem. Sua vestimenta sincrética não dizia nada, mas as maneiras eram definitivamente desérticas; o próprio cavalo que montava era um cinza da terra, montaria de caciques. O destacamento que o deteve era composto de seis soldados e os seis soltaram tentáculos de cobiça ao animal. Sobre isso não havia mais o que dizer. Mas se alarmou de verdade quando os ouviu falar do "tim-tim". Será que o degolariam ali mesmo? Procurou desesperadamente alguma coisa para dizer, mas não lhe ocorreu nada. Num abismo de agonia, compreendeu que era tarde demais para efetuar uma inversão completa que o salvasse; tinha deixado de ser um bobo, tinha perdido o rosto de intocado pela inteligência e não via como poderia voltar a esse ponto, ainda que o universo inteiro confabulasse em sua ajuda.

A sentença dilatou-se por umas horas, até o meio-dia, tornando-se mais ominosa a cada momento, porque houve reuniões velozes; vinham soldados de longe para vê-lo como uma curiosidade e falavam aos gritos, distraindo-o. Terminaram quando o sol estava no ponto mais alto, à beira do grande acampamento. Um sargento hirsuto seria o dono do seu cavalo. Decidido isso, os demais o olhavam. Um selvagem!, exclamavam tirando os piolhos das barbas. Quis falar enfim, mas estava tão nervoso que disse algo ininteligível. Semicerrou os olhos e, nesse momento, os *gauchos* descobriram o vestido rosa numa bolsa, dentro das dobras de seus arreios. Deram risadinhas, decerto, mas com estranheza. Um fetiche com bolsinhos. Não poderiam jamais imaginar por que um selvagem viajaria com isso. No relâmpago de um segundo, Asís voltou a ser o mesmo bobo de vinte anos atrás e sua vida ficou assegurada. O mal-entendido descia do céu como uma avalanche de ar enredado. Os índios não usavam roupa ao nascer. Este era um pai desconsolado em busca da sua filhinha cativa dos selvagens. Nem sequer sobre isso pôde enganá-los, abandonado agora duplamente pela língua. Uma leva instantânea o arrastou com eles: inclusive lhe devolveram os arreios completos — não o cavalo. A guerra, diziam, era algo apropriado para resolver a amputação da sua prole. Devolveram-lhe o souvenir. Para que o queriam, por outro lado? Além disso, assim podiam pedir que o mostrasse quantas vezes quisessem.

Cortaram-lhe o cabelo bem rente, deram--lhe um uniforme dois números maior do que o seu: um bufão.

Já se sabe que são os mal-entendidos que movem a história. Mas nas vicissitudes da sua inteligência havia algo que o intrigava: só se podia ser idiota de tempos em tempos, por flutuações? Não teria sequer a paz de persistir num estado? Ali se falava sempre da "raposa". Era o emblema da inteligência, mas por ser emblema, e animal, estava longe da realidade. Nos humanos, sentia Asís, ao menos nos humanos de sexo masculino e de tamanho grande, esses que não poderiam entrar no vestido em miniatura, nem sequer com vontade de se fantasiar, havia idas e vindas. Onde tudo parecia fixo e definitivo (nos outros) havia de qualquer modo um ir e vir. Como gigantes dançando para manter o equilíbrio.

Roca em pessoa quis vê-lo nesses primeiros dias e fez, como todos os outros, que lhe mostrasse a peça, à qual dirigiu um olhar impossível de interpretar. De modo deliberado, tornou-a o assunto do dia. Nunca tinha visto nada tão heterogêneo ser tão pertinente na política. Porque ocorria que até então não tinham visto um único índio e seus oficiais estavam cada dia mais nervosos, por temor ao ridículo. A tropa tinha começado a beber demais, ainda que não houvesse uma gota de álcool em cem léguas ao redor. O vestido rosa foi a prova de que ele precisava, insuperável por ser indireta, da existência dos selvagens. A campanha, ameaçada nesse ponto pela vertigem que um avanço muito fácil produzia, ganhou um novo aspecto, uma nova determinação, e agora sobre a base do mal-entendido de um mal-entendido. Porque ninguém acreditava nessa história do pai desconsolado. Não havia provas. Mas os aliviava imensamente poder mentir que acreditavam nela. Era como se tivessem tirado o pampa inteiro de seus ombros.

Os índios, é claro, nunca apareceram; não tinham como aparecer, depois desse pequeno truque. E, além disso, houve razões de outra natureza, que nunca ficaram de todo claras. Ao que parece, tinham existido apenas numa linha globular, como o sabão irisado na superfície da bolha; esses índios que haviam partido do fundo dos vales do sul em busca do vestido rosa tinham se tornado afinal uma espécie de imenso vestido, a própria cor de uma nuvem inconsútil, feita para esvanecer. Produzira-se a inversão impossível de uma sexuação que não duvidava de si mesma. Dos limites que ocuparam, nos pampas da província de Buenos Aires, caíram pouco a pouco, sem que ninguém soubesse quando e como, na humanidade indiferenciada, e agora eram esses mesmos soldados que avançavam, esquecidos, em pé de guerra contra suas antigas encarnações, ao resgate da suposta garotinha cujo vestido não tinham encontrado antes.

Enquanto isso, a terra continuava lá, ainda que o general se ocupasse de distribuí-la a mancheias entre todos os proprietários que inventava. A terra opunha sua indiferença plana à inexistência de supostas paixões. E foi assim que apareceu diante de Asís o outro lado do mundo, nem louco nem sensato: inativo. Como mensageiro, criado e sobretudo objeto necessário de piadas pesadas, fez a campanha inteira, ida e volta. Até que chegou o momento em que o famoso clarim silenciou. Com batalhas ou sem elas, o general-ministro tinha dado um jeito de obter um caprichoso laço de glória, enquanto último e definitivo turista ontológico. A tropa desertou por uma gravitação natural.

A viagem, no fim das contas, não tinha sido totalmente inútil. Num jornal de Buenos Aires, Sarmiento ditava sua sentença inapelável de burocrata exagerado: "O índio não existe".

A piada de despedida que fizeram a Asís era muito plausível, como recapitulação. Deixaram-no sem nada. Estava quase justificado, considerando que suas poucas roupas tinham sido recebidas como trocas de gozações ou matéria de desengano para anedotas sempre iníquas, quando não abusivas. Desta vez, fizeram aquele que acreditava em tudo acreditar que os índios estavam emboscados em grandes tocas de chinchilas, puseram-no no comando de uma patrulha noturna de farristas e, num descuido, o vendaram, fazendo com que chocasse um tatuzinho e largando-o nu lá longe.

Ao amanhecer, Roca se espreguiçava da missa, confesso e comungado, pronto para montar o seu árabe de patas brancas (por mero costume), quando viu Asís vindo, a pé e sem roupa, com o sol às costas. Uma mistura de mentecapto e Cristo: a silhueta radiante do índio, enfim. Teve que sorrir. A tropa se torcia em gargalhadas. Era o que havia em matéria de fazer rir. Aplaudiam-no e isso lhes dava mais vontade de rir. Mesmo os que não tinham ideia de qual era a piada, desta vez sentiam-na em todo o seu efeito, não podiam se subtrair à sua imensa comicidade.

Quando viu os oficiais lançando aquelas risadas estrondosas entre as barbas, quis correr para algum lugar, mas a Raposa em pessoa mandou que se aproximasse. Olhando para o seu umbigo, quando o teve ao alcance da voz, ditou-lhe uma baixa honorária, já que não tinha mais sentido que voltasse a colocar o uniforme, e lhe doou dez léguas de terra, nas pequenas colinas a oeste de onde estava. Assim solucionava os pleitos, mesmo os inexistentes.

O *gaucho* que tinha levado suas roupas se chamava Raúl Pacuma e era um típico malvado inocente, que de qualquer modo nunca fazia muito mal a ninguém, porque o rebuliço o interrompia. Deixou a piada do pelado como despedida, porque ele também ia embora; tinha desertado com alguns amigos, com quem fez toda a jornada rumo ao norte. Sentiam-se melhor do que nunca. Tinham surrupiado uma carga inteira de gim e, se alguém pretendesse segui-los, só precisaria ir de garrafa em garrafa. Pacuma contava histórias da sua vida, sempre imaginárias; como todo piadista, tinha algo de inventor. Parecia jovem demais, mas era apenas jovem. O riso o mantinha relaxado. Como era divertido beber! O movimento do cavalo era mais um vaivém do mundo. Começaram a pernoitar em torno das quatro da tarde. Assaram uma terneirinha que tinham encontrado e até isso lhes pareceu uma piada fenomenal. Depois se agasalharam nos seus arreios, com toda tropilha amarrada ao redor e duas fogueiras que passaram de diurnas a noturnas numa transição invisível.

Na manhã seguinte, despediu-se de seus ex-camaradas. Ia ao encontro do seu compadre Bibiano para passar uma temporada depois dos exercícios, com espírito festivo. Uma vez sozinho, entrou na diagonal por um anel de pampas meio cobertos por vacas selvagens; orientava-se sem pressa, saboreando antes da hora a hospitalidade do compadre. Não dava a mínima se estivesse enganado: essa era a chave da sua personalidade. Todos os Pacuma, dizia, tinham sido assim. Era meio índio (ou três quartos, ou os quatro), bonito, barbudo, com uma risada que seria reconhecida até no inferno. Anos atrás tinha feito amizade com Bibiano, guia convicto das expedições de La Zanja; quando Bibiano se casou com uma "soldada", o coronel no comando o premiara com uns pampas de campo perdido, que era o que estava atravessando agora. O que tinha de furtivo e rabugento esse gado, que logo se confundiria com os tatus, lembrava-lhe jocosamente o caráter de Bibiano, tão conservador nas suas malícias de enjeitado e delinquente. Ia se divertir no seu centro de operações!

Demorou vários dias para chegar. De fato, tinha escolhido esse ponto para desertar porque era o que o deixava mais perto. Não forçava sua meia dezena de baios; ocupava a metade dos dias escovando e conversando com eles. Agora tinha um sétimo, o que tinha roubado de Asís. Era um pangaré dos piores, abandonado sabe-se lá por qual morto. Não adiantaria nada soltá-lo, pensou, nem espantá-lo, porque essa besta decrépita estava para além de qualquer insinuação. E como deixava sua égua nervosa (era a presença de um avô casmurro), terminou atirando-o no último arroio pelo qual passaria. Viu-o se afogar se debatendo de costas e chorou de tanto rir. Ao continuar, foi descartando peça por peça os arreios alheios: nada servia. Foi então que encontrou o vestido rosa, perfeitamente dobrado numa caixa de charutos Partagás (o que Roca fumava). Não sabia que tal coisa existia, ainda que lembrasse de ter ouvido a respeito dela. Deu de ombros. Pensou em jogá-lo fora, mas uma ideia insensata lhe ocorreu, num relâmpago fantástico de humor ao imaginar seus anfitriões tão próximos... A esposa de Bibiano era uma mulher gorda de uns duzentos quilos e não menos de dois metros de altura. Tinha sido famosa por isso. E que outro motivo teria tido alguém como Bibiano para se casar com ela... Pois bem, não seria uma bela brincadeira presenteá-la com solenidade, após uma pausa, um suspense, com esse vestidinho que não lhe caberia nem no dedo mindinho? Abriu os olhos muito redondos e soltou uma gargalhada. Colocou-o de novo na caixa e toda pressa que não tinha tido até agora se tornou impaciência. Tanto que chegou ao cair daquela mesma tarde.

Bibiano era misantropo, sabe-se lá por quê. Por misantropia, casara-se com sua giganta; e as gozações que sofreu pela escolha só reforçaram seu caráter odioso. O casamento em si havia multiplicado sua misantropia e a vida de trabalho fizera outro tanto. Isso Raúl Pacuma ignorava; por definição, devia ignorar. Bibiano agora vivia isolado no centro exato de um pampinha que, por sua vez, estava no centro do seu campo, um anel de terras sobre as quais se esforçava, sem saber, para fazer o deserto se espalhar. Ali só as vacas giravam, como um corpo de guarda entediado. Os próprios quero-queros deviam ter percebido, já que mal se ouviam os seus berros e tinham começado a emigrar na temporada anterior. Já os bovinos permaneciam, com algo de demoníaco; entre eles e o macambúzio do seu dono havia uma espécie de pacto antimusical.

Para complicar, inoportuno como todo piadista, Raúl Pacuma tinha escolhido o pior momento possível para fazer uma visita. Uns dias antes, tinham chegado nos campos de Bibiano os compradores anuais de gado, com seu dinheiro e suas demandas que o enlouqueciam de irritação. Dessa vez, ele logo começara a pensar numa maneira de afastar essa gente para sempre da sua morada, impedindo que voltassem. Mas não conseguia pensar com clareza. O ódio dava-lhe uma preguiça suprema, uma procrastinação que estava além da própria vida. Por que tinham que vir incomodar! Atribuía isso ao azar, à volubilidade idiota do gênero humano. Podia se arranjar sem eles. Amassava com fúria o dinheiro com que lhe pagavam, jogava-o no fundo de um pote (não queria tentar ainda mais o azar jogando-o fora) e fazia o possível para não voltar a pensar nele. Sua esposa o usava às vezes, quando mandava comprar alguma coisa, alguns alimentos, erva-mate ou açúcar. Bibiano ia cavalgar e apertava as rédeas até tatuá-las nas mãos. Ninguém tinha pagado nada por ele, pensava. A existência do dinheiro era um truque imundo.

Mas não adiantava matá-los e muito menos fazer cara de pavor. Definitivamente não os afugentaria como queria sem uma ideia suculenta, algo que pegasse na imaginação para além do que fizesse, como uma lenda; uma ideia tão eficaz, ainda que inversa, como o próprio dinheiro que eles manipulavam. E não lhe ocorria nenhuma. As ideias não vinham socorrê-lo. Putas, mil vezes putas elas também!

É claro que o jovem Pacuma não percebeu nada disso, nem sequer o mau humor, cego como estava na soberba de seus mecanismos piadistas. A casa era rosa, os cachorros o anunciaram com escândalo: a rotina de sempre. Bibiano não tinha plantado uma única árvore, nem sequer a castanheira para os sabiás: em vez disso, tinha erguido um galpão alto, com tijolos violáceos, meio crus, já emoldurados de musgo macio. Algum dia seriam romanos, eternos. O complexo erguia-se muito quieto no crepúsculo azulado e

Raúl Pacuma pensou que estava entrando num lugar enfeitiçado, no castelo de seus sonhos de piada pronta, no paraíso abandonado da causa e do efeito. Os cachorros agudos eram os guardiães do silêncio, que destroçavam preventivamente. A figura do dono da casa apareceu com fastio iracundo na porta. O outro apeou e Bibiano deixou correr seus "irmão", "há quanto tempo" e "que sorte", sem responder grande coisa. Olhou para o céu ao redor (nem uma nuvem nos dourados e rosas do ar) antes de lhe indicar a entrada. Mas que sorte!, repetia Pacuma, ao mesmo tempo solícito e distraído.

Entraram na cozinha, onde o almoço já estava sendo preparado. Na penumbra aprazível com cheiro de carne e lenha havia uma pequena multidão, sobre a qual assomava o figurão monstruoso da senhora. Estendeu uma mão balofa e flácida ao jovem, que calculou para si mesmo que ela devia ter aumentado pelo menos outros cinquenta quilos desde suas épocas militares. Havia meninas e *chinas* e um quarteto de peões num discreto segundo plano. Tinham um lampião primitivo, com a carapuça azul de álcool. Bibiano sentou pesadamente na ponta de um banco e afastou uma criança com um tapa. Já nem sequer falava, bastava-lhe irradiar desdém com olhos e mãos. Pelo visto, bebia, o que pareceu um augúrio perfeito de entretenimento para Raúl Pacuma, esse gigantesco inconsciente. Não via a hora de dar o grande golpe.

Olhou ao redor: toda essa gente parecia que o esperava. Todos tinham seu ponto fraco para a graça e talvez não soubessem. E ele tinha tanto para lhes contar. Uma viagem ou uma aventura sempre termina entre desconhecidos, que em pouco tempo se tornam conhecidos, irmãos. Essa transformação era a magia em que ele acreditava.

Então sentou e pôs o bornal sobre as pernas. Abriu-o, remexendo-o. Anunciou que trazia um presente... Fez-se um silêncio. Na realidade já se fizera: agora resplandecia. Um presente que o general Roca mandava à dona da casa; lembrava-se dela, acrescentou, porque de suas mãos havia aceitado uma vez um mate. Ela ergueu as sobrancelhas raspadas. Agora interromperam-se também todas as atividades; parecia haver uma técnica de interrupção ali: o medo. Pacuma sorriu com gesto de acreditar saber de tudo. Tirou a caixa de charutos e olhou para ela. Estendeu-a para Bibiano e olhou para a montanha humana, como quem diz: que engraçado! Todos cravaram o olhar na caixa de compensado, na trava fina de bronze. Bibiano vacilou por um longo momento com a caixa na mão, como se intuísse algo. Mas o seu destino nefasto o faria abri-la de qualquer jeito. Puxou para trás a tampa com um movimento curiosamente delicado e tirou o vestidinho. Na penumbra sombria, nessas mãos, nesse preciso lugar do universo, o vestido pareceu muito menor do que nunca... E ela atrás, como pano de fundo, muito maior. Multiplicava-se por si mesma, era uma nuvem de carne espantada. Tudo era grotesco; num instante vertiginoso, foi como se todas as dimensões de tudo se lançassem ao acaso do mundo para o céu e se oferecessem num espetáculo inesquecível para os humanos.

É claro que ninguém ousou rir, a não ser Raúl Pacuma, cujos olhos se encheram de lágrimas, retorcendo-se às gargalhadas, que duraram um bom tempo. Quando terminou, Bibiano tinha devolvido o vestidinho à caixa e inclusive havia colocado o aro da trava em seu botão. Jantou sem falar e foi logo se deitar, dizendo que estava com dor de cabeça.

Ao amanhecer, foi o primeiro a acordar. Isso também fazia parte da sua maldade. Sua vida era uma insônia, a não ser quando dormia. Tinha essa peculiaridade maldita: não achava beleza na claridade. Odiava tomar mate de manhã. Um detalhe especialmente pontual: debaixo da calha e de frente para o sol molhado do oriente, cuspiu no seu cachorro branco e acertou bem no olho.

Foi acordar Pacuma, que se embebedara com o seu vinho e dormira com uma de suas índias. Levantou-o do colchão de palha desarrumado e levou-o à bomba para que lavasse a cara. Fez o possível para se mostrar amável: mostrou sua tropa, convidou-o a escolher. Com bons modos, convidava-o para acompanhá-lo na conversa com os compradores de gado que acampavam na sua terra. Pacuma, prestativo como era, a despeito do seu pouco cérebro, aceitou com prazer. Para que tinha vindo afinal?

De modo que montaram os dois, em boa companhia, e saíram no exato momento em que despontava o primeiro arco, vermelho e molhado, do sol. O horizonte era uma linha reta. O trote dos cavalos soava com o calor secreto do sonho sobre o orvalho fresco. Bibiano ia na frente, sem olhar para Pacuma, que desprendia do rosto com risos selvagens esses adormecimentos matutinos, aspirando o ar glorioso. Depois de alguns minutos, viram o acampamento e um rebanho numeroso que pastava suavemente; estava bem à beira externa do pampa central, onde começavam os outros, mais amplos e desmaiados. Os arrieiros já estavam de pé e no momento tomavam mate. Apearam.

A cara de Bibiano, fechada e pálida, os sobressaltou. Ao próprio Raúl Pacuma fez mau efeito, mas não pensou muito nela. Bibiano recusou sem mais o convite para tomar café; nem sequer quis sentar. Perguntou-lhes quantos animais haviam separado. Os homens tinham se preparado para uma recontagem, mas não foi necessário. O dono parecia apressado para fechar trato. Fez um gesto de desprezo quando começaram a falar de dinheiro. Interrompeu-os:

"Está bom."

Os outros pararam de falar. Alguma coisa não estava muito normal. Olharam para Pacuma, que se limitou a dar de ombros, feliz. Assim é o meu amigo!, parecia dizer: um casmurro. O que estava no comando da companhia de tropeiros pegou o dinheiro e passou a Bibiano. Aqui também não houve contagem. Fez um bolo com as notas e as enfiou furiosamente no bolso. Então inspirou profundamente e eles se dispuseram a escutá-lo. Nesse momento, parecia ter algo a dizer:

"Não quero que voltem mais aqui. Nem vocês nem ninguém. Podem dizer aos seus sócios. Não vou mais vender vacas nem novilhos. Daqui pra frente não serão vendidos."

Era discutível, mas isso não tinha importância agora. Já deviam ter se convencido de que estava louco. Ou ainda não: faltava alguma coisa para que a mera mnemônica se transformasse num acontecimento memorável: sacou o revólver que tinha na cinta e com um tiro só, habilidosamente, estourou os miolos de Raúl Pacuma. Ficou quieto um instante, olhando-os com seus olhos injetados. Depois foi até o seu cavalo, que estava um passo atrás, tirou dos arreios a caixa de charutos e jogou-a com raiva sobre o cadáver. Não satisfeito, cuspiu nele. Contou até vinte, sem se mexer. Ninguém se mexia. Montou e se afastou a galope. Os quero-queros estavam acordando. Ia satisfeito, porque tinha matado dois coelhos com uma cajadada, e sem ter que matar mais de um.

Os tropeiros ficaram atônitos e não pouco assustados. Deixaram que o encantamento se dissolvesse pouco a pouco no ar da manhã. Mas não queriam ficar nem mais um minuto onde estavam, de modo que levantaram acampamento e foram reunir as vacas. Em outras circunstâncias, nunca teriam deixado um homem morto sobre a terra, mas aqui se sentiam invadindo o território de um ogro. Não cavariam, porque estavam com pressa. Todos tinham muito presente o sorriso abobado desse *gaucho* antes de morrer. Parecia tão contente! Nunca se sabe quão perto se está do fim, e isso valia para todos.

Somente a um deles, um jovem que não falava, ocorreu a ideia de ver o que a caixa continha: houve um momento de dispersão, antes de contar os animais, e ele aproveitou para investigar. Tinha um cavalinho extático, um baio do lugar que lhe servia como um boneco. Voltou com um galope brevíssimo e pôs os pés na terra... Ao se aproximar do homem morto, teve a repentina sensação de entrar numa fábula; agora ninguém o via e ele se infiltrava num conto, pela porta vedada e transparente de um dos tópicos mais trilhados das histórias: o desejo de reconhecer um segredo, de invadir a câmara proibida, de fazer exatamente o que não devia fazer (e não qualquer das outras coisas, tantas, que era possível fazer na vida). Inclinou-se sobre o cadáver, pegou a caixa e virou-a por um instante entre as mãos. Havia um grande silêncio. Seu cavalo tinha começado a mordiscar a grama.

Era uma caixa de charutos, mas esse jovem não sabia o que eram charutos. Tinha um pequeno fecho de bronze. Abriu-o com cautela. Era um vestido de menina ou talvez de uma boneca, o mais diminuto que já tinha visto. Tem gente assim?, perguntou-se ensimesmado.

Agora estava convencido de ter sido arrastado, de verdade, pela maré da ficção. Os gigantes tinham se invertido num mundo minúsculo. O gigante cuja voz podia ter temido, cuja ordem de fazer outra coisa podia ter temido desobedecer, reaparecia muito longe e muito perto, como uma dessas figurinhas coloridas que se pode colocar ao nível da vista, contra o horizonte, e presumir as distâncias.

E nessa história se tratava dele, dele mesmo: porque sua mulher, que o esperava num rancho a trinta ou quarenta léguas dali, por esses dias devia ter dado à luz o seu primeiro filho. Tinha-a deixado grávida de sete ou oito meses quando partiu com essa tropa (agora estavam voltando).

A magia lhe indicava que tinha sido uma menina. De outro modo, teria demorado várias semanas para saber. Voltou a dobrá-lo como estava e o enfiou na caixa; fechou e guardou com seus utensílios. O cavalo ergueu a vista, entediado, em direção a umas abelhas. Às vezes, pensou o jovem, a vida se torna extremamente estranha. Montou e partiu em direção à manada, que os *gauchos* laboriosos já estavam contando.

Nos dias seguintes, a viagem tornou-se muito lenta. Essas vacas eram estúpidas, volúveis, conduzi-las era um suplício. O tropeiro que tinha recolhido o vestido não sentia impaciência para chegar; preferia pensar, pensar detidamente nas coisas. Era um jovem de uns vinte anos, imberbe, meio índio e muito afeminado, o que não transparecia, por ele nunca falar. Mas falava como uma mulher, isso ele mesmo notava com estranheza. Em alguma época da vida, isso tinha trazido inconvenientes. Hoje em dia mal abria a boca e a falta de comunicação tivera como efeito que enveredasse por um caminho privado de raciocínios e reflexões que acabaram dando a todas as ideias que povoavam sua cabeça a coloração mental de uma virgem perfeitamente cândida. Os homens lhe davam medo, não podia sequer imaginar o que pensavam e como faziam para viver. De qualquer maneira, não queria saber nada deles. Quando não viajava como tropeiro, vivia muito isolado com sua esposa, uma moça linda que beijava o chão que ele pisava. A ela contava histórias, embelezava suas viagens, descrevia a tonalidade de outros céus e o cheiro de outros ventos.

Agora, sobre o cavalo em movimento e ungido pelas ondas do poético vestido que levava escondido na sela, viveu dias de perfeita embriaguez feminina, que em nada contradizia sua paternidade. Então seria uma menina! Havia temido que fosse um menino; teria ficado muito incomodado nesse caso. Agora ao menos tinha uma trégua. Mais ainda: estava certo de que só procriaria filhas. Assim devia ser: como entre as abelhas. Em tempos de guerra só nasciam meninos. Mas agora, segundo a voz do povo, não haveria mais guerra porque os índios tinham desaparecido da face da terra. Os índios eram o emblema da virilidade argentina e tinham se evaporado. Sentia desdobrar-se sobre as imensas planícies a onda de uma incrível liberdade. Sentia a intensidade do desejo; tinha saudade da esposa, não via o momento de abraçá-la e de se deitar com ela, tardes inteiras e noites de verão...

O verão se desvanecia, é verdade... Como tinham se desvanecido os índios. Era curioso: ele e sua esposa eram índios ou, ao menos, filhos ou netos. Não sabia nada disso. Ele também se dissolveria, disso estava convencido há muito tempo. Os torvelinhos invisíveis do céu e a passagem do tempo na terra não diziam outra coisa. Ele sabia que era estranho, um caso para ser estudado. Mas isso não tinha importância. Os índios tinham ido além: tinham sido seres fabulosos. E, pensando bem, isso também não tinha importância. Era a mesma coisa. Todos estavam na mesma linha, debaixo do horizonte. Algo assim como uma galeria de personagens, destinadas a se apagar do mundo com um toque esvoaçante.

Um dia se anunciou, no caminho, uma grande tempestade. O céu escureceu tanto sobre o pampa do qual saíam a essa hora (o meio da tarde) quanto sobre outro, menor e mais profundo, no qual entravam. O cinza foi se acentuando mais e mais até se tornar uma penumbra crepuscular e, de repente, como sempre acontecia, se iluminou de um branco sinistro, quando já viam ao longe as faixas oblíquas e as rajadas de um frio calorento que traziam o cheiro característico de terra molhada. Durante o "momento verde" que sobreveio de repente, a eletricidade do ar se fez tão intensa que a roupa não tocava o corpo. Para tornar mais lúgubre a situação, as vacas começaram a berrar. Certamente teriam variações de teimosia durante o aguaceiro. Ouviram o tam-tam afunilado dos trovões e algum deles apontou para o céu: uma nuvem colorida e profusa girava no alto. Choveram raios enluvados de água e hélio, que mataram os quatro tropeiros dentro de uns paredões naturais onde tinham ido se refugiar. Os cavalos morreram instantaneamente, com os olhos abertos e o gesto de quem falava. Já as vacas se salvaram, porque se aglomeraram, menos duas ou três que morreram asfixiadas. Na manhã seguinte, quando o sol saiu, encontraram-se a sós. Simultaneamente a grama crescia. E como continuou chovendo lá em cima das serras, semanas inteiras, pelo centro daquele pampa voltou a passar um arroio que havia secado cem anos antes, e as vacas abandonadas beberam dele até se embriagar, até a pele doer.

Diante de tudo isso, para que ir embora? Ficaram por ali. Para elas, como para o resto dos seres vivos, dava no mesmo. Os novilhos se tornaram touros e tiveram abrupta descendência. Continuaram na sua, desligados de tudo. O clima girava devagar, carregado de pássaros e insetos. Do humano, o lugar ficou desocupado e sem ser transitado por muitíssimos anos, até que os ingleses fizeram passar a ferrovia por uns pampas vizinhos e apareceram dois povoados equidistantes do arroio. Seus habitantes deram alguma vez nesse recanto perdido e ficaram pasmos ao encontrar vaquinhas anãs, mutantes, que brincavam como cães. Na falta de cervos, adquiriram o hábito de ir caçá-las com escopeta, atividade em nada utilitária porque não eram comestíveis, e até se dizia que eram venenosas. O recanto, como não podia deixar de ser, esgotou-se num piscar de olhos (ou em aproximadamente uma década: dá na mesma). As vacas desapareceram e não poucos acreditaram tê-las sonhado. E assim sobrevieram outras décadas de solidão nesse pampa, solidão não turvada mais do que pelos tatus e pelas lebres que combatiam entre si, rituais, o duro contra o mole, e viam passar o tempo sem propósito algum.

Uma vez um homem, um *gaucho*, que passava por perto, encontrou jogado no chão, onde não havia caminhos nem nada parecido, um dente. Tê-lo visto do cavalo só pode explicar uma agudeza peculiar da visão. Apeou por um instante e o recolheu. Era um lindo dente, saudável, perfeitamente arrancado. De um homem ou de uma mulher, de um adulto. Era um objeto sem explicação e isso o fez pensar. Ele não conhecia a história anterior do dente; talvez tivesse passado por mais de uma mão, talvez tivesse um longo relato cheio de complicações — ou talvez não: possivelmente alguém o tinha jogado ali depois de arrancá-lo (às vezes os dentes ficavam moles, sem mais nem menos: ele sabia melhor que ninguém, porque tinha a boca quase vazia). Ocorreu-lhe que poderia fazer um relato inteiro, imensamente longo, da vida de todos os que tivessem algum objeto qualquer por acaso. Os personagens nunca se repetiriam e seria preciso contar a vida inteira de cada um. Porém (e isso ele também sabia muito bem, já que muitos anos antes, na juventude, tinha se visto em vias de matar alguém), uma vida não pode ser contada ao acaso, sem explicações. E essas explicações podem encher o universo inteiro. Esse *gaucho*, que morreu doente um pouco depois, não era inteiramente iletrado e tinha uma noção, meio intuitiva, da prosopopeia. Mais até: tinha dado com a chave das traduções gerais: junto a cada relato real, há outro virtual.

Na realidade, e deixando de lado o episódio do dente, o primeiro reconhecimento integral desse pampa foi feito por dois meninos que tinham fugido de suas casas e, consequentemente, de uma vila situada a umas dez léguas ao norte. Naquele tempo, que as crianças desaparecessem era um *fait accompli* em todos os sentidos do tempo e do mundo, algo assim como um segredo de polichinelo, ainda que ninguém o dissesse. Foram parar ali por puro acaso e bastou descerem pelos declives onde as vaquinhas tinham morrido para sentirem o perfume da paciência ociosa de um deserto que não avançava nem se retraía. Escapavam das mães, que os cansavam e chateavam, e não tinham nenhum objetivo no momento, a não ser afastar-se o suficiente para dispor de algo irreversível, nas suas vidas de nonadas. Os meninos queimavam os navios como se fossem discípulos de si mesmos, alunos atentos e precisos. Nada lhes parecia longe o suficiente; perdiam a noção das distâncias e apoiavam um ao outro nas decisões, mas viam um fundo de indiferença no outro, contra o qual se destacava uma espécie de paixão própria, bela precisamente porque se delineava pela ausência de pensamento apaixonado. Tinham atravessado cinco pampas numa semana. Tinham visto de longe um cavalo que corria sozinho.

O menor tinha, como nas histórias, um cãozinho branco que o acompanhava. O outro era o líder da travessia. Entendiam-se entre si de um modo teatral, fantasioso, e reservavam a conversa normal para os solilóquios com o cão. Por um momento, temeram que chovesse, mas os dias eram todos iguais e perfeitos. Chegaram à conclusão de que a chuva era um desses acontecimentos que só têm lugar quando se vive de verdade, na moldura complicada dos adultos.

Como iam a pé (e pouquíssima gente viajava a pé naquele tempo), podiam ver todos os detalhes da terra, e o cãozinho branco que trotava junto deles era o modelo da visão — e das coisas. Vive-se junto a um ponto de escotomização, uma pequena mancha branca, à qual se dirige a palavra, que se acaricia, se cheira e, sobretudo, na qual se pensa. As crianças pensavam interminavelmente nesse animal; mas não sabiam disso. Estavam convencidas de que seus pensamentos seguiam outras direções: havia uma aventura no que lhes esperava; o primeiro passo havia sido suprimir os olhares maternos, dos quais vinha todo o sentido. Depois, havia o vazio feliz dos absurdos da vida. Nunca mais haveria uma coincidência! (Que eles fossem precisamente os filhos de suas mães era a primeira e mais importante, a que organizava todas as outras.)

Quanto ao cão, estava exausto e por mais de um motivo. Não era atleta. E nunca tinha visto tantas perdizes como naqueles dias. Um impulso automático, ao qual não podia resistir, o fazia persegui-las — talvez não fosse nada além da fúria, quando as aves irrompiam num voo rasante e provocavam a mais dolorosa detenção de toda sístole no seu coração de besta minúscula e de cor branca. Se pudesse ter morrido de pura morte, instantânea como uma pedra jogada no campo, o teria feito assim que a primeira das perdizes levantou voo ao seu lado. Agora só lhe restava se sentir agoniado e doente. Pavor e cansaço se confundiam nele.

Atravessaram esse pampa como todos os outros: em mercúrio de indiferença. Era verdade que estavam em terreno desconhecido, mas era tudo assim. Não tinham chegado a lugar algum e, no mundo, tal como o conheciam, não havia paisagens. Sempre encontravam alguma coisa para conversar. Quando procuravam a saída oeste, pela borda superior de umas muralhas naturais, viram de repente a seus pés, três metros abaixo, um grupo de esqueletos de homens e cavalos, que representavam uma dissolução eterna: poeira petrificada. As sombras criavam linhas que faziam imaginar os desenhos; ou então era a luz rasante de uma nuvenzinha que lhes fazia acreditar nesse acaso. Pararam na hora, com os olhos muito abertos. Começaram a conversar, como sempre faziam. Diante de um desenho, por funesto que seja, necessariamente se fala. Suas sombras caíam sobre essa antiga desventura. "São esqueletos", murmuravam. Nisso estavam de acordo. Mas, "serão de verdade". Os esqueletos de cavalo parecem extraordinariamente com os de dinossauros, apenas muito reduzidos. Havia inclusive um chapéu, que tinha ficado ali talvez por meio século, e uns fungos pertinazes tinham-no esmaltado; agora servia de vaso para umas violetas altas, umas das tantas aberrações da natureza.

Depois tomaram a decisão de descer para ver. O cãozinho foi na frente. Farejava aqui e ali, exatamente como se estivesse procurando uma moeda. No ossuário reinava uma calma e um silêncio marinhos. Os dois meninos deram umas voltas: tudo o que tocavam estava endurecido e frio. Rasparam com uma faca o mármore de pólen de dentes-de-leão e viram resplandecer o osso em pessoa, de um crânio de cavalo.

Passaram a tarde inteira vasculhando os despojos; rastreavam com habilidade o esqueleto inteiro de um cavalo e, com susto reverente, dos humanos. Os ossos tinham se negado a se desintegrar, auxiliados pela ação de mofos petrificantes, mas alguns haviam simplesmente desaparecido. Talvez não fossem humanos, pensavam, e sim seres antigos. Teriam sido mortos pelos índios? Tudo na antiguidade estava relacionado aos índios, em especial a morte das pessoas. O que havia ficado da roupa eram papéis, brancos e duros, em parte queimados, certamente pela ação dos corpos ao apodrecer. Por outro lado, os arreios formidáveis se desfizeram em pó quando foram tirados de montículos de terra--mármore. Puderam inclusive examinar os bornais, onde infelizmente não havia nada; num bornal terminava a galeria de um porquinho--da-índia: deve ter sido o *sancta sanctorum* da família. Em outro, no entanto, encontraram uma caixa, e os dois ficaram de pé, entusiasmados. O que terá dentro?, perguntavam um ao outro. Uma pequena sacudida... Não se ouvia nada que ressoasse.

Estava perfeitamente fechada, hermética. A fechadura era uma roseta de ferrugem verde, indiscernível. Não conseguiram abri-la puxando, de modo que arrebentaram a fechadura com a faquinha.

O vestido rosa estava ali dentro, tão limpo e engomado como no primeiro dia. Desdobrou--se na ponta dos dedos. Lento e rápido ao mesmo tempo. Como o boneco que saía da caixa com uma mola: que beleza! Anoitecia e o viram na última luz branca, antes de caírem os lilases azulados da planície. Viam o que nunca teriam suspeitado: um perfeito objeto ao acaso, talvez o mais incoerente de uma imensa lista. Mas, evidentemente, era real. O alarido de algum bem-te-vi fazia ressaltar o silêncio da hora.

Era óbvio que não tinham visto *todos* os detalhes da terra. Às vezes um objeto qualquer pode representar a totalidade ausente, melhor do que o mais elaborado dos discursos. As crianças que fogem costumam não levar em conta a face feminina do mundo e a descobrem por acaso, às vezes uma vida depois. Se o mundo está quieto, como se move o pensamento que também está quieto? Num barco muito pequeno provavelmente, de outra dimensão, com a vela rosada. A bandeira dos mortos, o veneno que haviam aspirado sem saber na tarde ampla e tranquila, uma atmosfera para vestir. Essas crianças que não tinham nada, que nunca tiveram nada, que não puderam querer ter nada, agora tinham nas mãos uma bela curiosidade para mostrar. A quem mostrá-la senão às suas mães? Quem mais poderia captar o perfeitamente estranho dessa estranheza?

De modo que dobraram o vestido e o colocaram na caixa, fechando-a e voltando por onde tinham vindo. Atravessaram em sentido contrário esse pampa sob os fulgores do crepúsculo, mais felpudo e silencioso do que nunca, e já estavam no seguinte quando escurecia. Não tinham medo da noite; deixavam-na passar sobre eles como algo alheio. Além disso, a cada anoitecer estavam tão esgotados que não resistiam em absoluto à vigília. Traziam provisões em abundância e eram muito frugais.

Um deles acordou quando a lua aparecia. Olhou-a por um instante, meio tonto, e voltou a dormir antes de que se desse conta de qualquer coisa. Achou que tinha continuado acordado por mais um instante e que tinha comprovado que a caixinha de madeira com o vestido misterioso continuava a seu lado. Às vezes os sonhos agem assim, ao contrário de seus efeitos.

No dia seguinte, continuaram a viagem, e no seguinte... Tudo era diferente, porque vinham na direção contrária. Não tinham perdido nada, nem sequer o cãozinho branco. A única coisa igual era a duração dos dias e a disposição das noites, sempre entre dois dias. Encontraram-se com as mesmas pessoas que tinham encontrado na vinda e mostraram o que levavam... Aqui e ali, recebiam expressões vacilantes e intrigadas. Também é verdade que em geral ninguém se interessava muito. Nem havia motivo para que assim fosse. As crianças estão jogadas no mundo por um acaso; tudo o que fazem ou tocam poderia não ter sido, perfeitamente. Eles dois se desmentiam com a suprema desenvoltura de dois pulos do cãozinho.

Finalmente se apresentaram, como duendes, no povoado onde tinham nascido, depois de quase duas semanas de ausência. Era um casario com eucaliptos, espalhado ao redor de uma dessas estações todas iguais nos ramais adventícios da Ferrovia do Sul: El Pensamiento. (Ainda hoje aparece nos mapas, embora na verdade tenha se extinguido precipitadamente, porque essas vias foram fechadas por volta de 1970.) Chegaram na hora em que chegava o trem de Pringles: às onze da manhã. Viram-no de longe, das colinas do sul. A seus pés, havia a casa enorme de San Heraclio e, na metade do caminho entre a estância e o povoado, o rancho onde viviam os pais do menino mais velho. Foram até lá, um tanto desolados. O apito do trem lhes pareceu de mau agouro.

A mãe do menino mais velho se apropriou do vestido assim que o viu. Não fez muitos comentários sobre a escapada. Era uma espécie de bruxa gritona e decidida; parteira e curandeira. Muito dominadora. Com esse vestido poderia ficar bem com alguma de suas afilhadas de magia que desse à luz uma menina, coisa que aconteceria cedo ou tarde (mais: acontecia o tempo todo). Depois, mais tranquila, quando teve ao seu alcance o menino, deu-lhe uma terrível bofetada. O outro havia fugido com o cachorro e sua mãe lhe deu uma bela surra. Ele morava num rancho muito arruinado (sua mãe não tinha lucros extras pela prática da feitiçaria), muito perto do seu amigo. Não havia nenhuma outra casa entre as duas. Às vezes suas galinhas se misturavam e as relações das duas vizinhas não eram bem as que deviam ter sido. A bruxa gritava demais, por qualquer motivo; a outra era uma mulher eminentemente entediada e sem energia, a não ser para se complicar. O exato reverso da outra, que empregava o curandeirismo para simplificar. As duas fumavam, o que era muito raro naquela época, mas o faziam por motivos opostos. A parteira-bruxa para acalmar as suas dores femininas, que eram sobremaneira acentuadas; a outra para dilatar o tempo.

Pois bem, passaram uns poucos dias e ocorreu algo imprevisível. O cãozinho branco, que nunca tinha conseguido alcançar uma perdiz, um dia se introduziu no rancho da vizinha (que estava ausente, em visita, como sempre) e roubou o pequeno vestido que um momento antes os meninos, brincando, tinham pegado para ver. Levou-o no focinho em disparada para a casa da sua dona, que ficou intrigada por várias horas. Depois interrogou a sós o seu filho e chegou à conclusão de que essa roupa lhe pertencia tanto quanto à outra. Por que a devolveria?, perguntou-lhe quando ela mandou o moleque reclamá-la. Repetiu a mesma coisa quinze minutos depois, quando ela veio pessoalmente. Chamaram-se de ladra e aproveitadora. Enfrentaram-se com impropérios e se separaram fervendo de humores contrastados, de pura irritação.

Elas mesmas difundiram o pleito. Soldados num mal-entendido com chumbo rosa, os maridos executaram um perfeito simulacro de abstenção. Ignoravam-nas, como há tantos anos viviam ignorando as nuvens; e essa homologia de distração era o fundamento da sua virilidade, assim tiveram que deixar suas esposas se afundarem no éter infinito da contradição. Embarcaram como se fosse numa viagem.

Já os meninos combinavam, em dupla voz aguda, história e razão, o dia todo, segundo a vontade materna. Agora tinham compreendido que tanto uma mãe como a outra eram bruxas; o que acontecia é que tinham estilos diferentes. Esse era o resultado final da viagem aventureira: descobrir que o estilo existia e que sempre o tiveram bem perto.

Enquanto isso, o cãozinho tinha desaparecido, como uma borboleta sobre o fundo da flor que poliniza ao acaso, puro aroma binário. Nunca mais se ouviu falar dele.

A animalidade parecia a ponto de cobri-los, como um ópio de ouro. Era como se estivessem a ponto de perder a fala, todos eles. O nome do povoado resplandecia na noite, antes que se inventasse o neon.

No fim, contudo, houve um instante em que se impôs a mágica disposição de acudir ao Juiz de Paz. E então, *après-coup*, sua intervenção pareceu revelar-se como o motivo de todo o escândalo. Assim se solucionava tudo, mesmo quando, salomônico, se dispusesse a desfazer o vestido em dois hemisférios. Já era hora, por outro lado: a senhora bruxa tinha ameaçado levar a cabo uma incursão vingativa ao rancho da vizinha e os dois meninos estavam sombrios.

O Juiz de Paz era um velho misterioso, que fazia as mulheres estremecerem. Porque era rico e distante. Sempre sério, grande fazendeiro aposentado, era imensamente respeitado, mas quase não falava com ninguém. Aqui tinham uma oportunidade, que talvez não voltasse a se dar na eternidade inteira, de complicá-lo num perfeito nó cego: era um caso de propriedade e a propriedade não tem graus, porque é um absoluto. (Nunca imaginaram que escaparia tão fácil. Tinham pouca imaginação, no fim das contas.)

Quando foram vê-lo numa manhã, com o vestido na caixa, foi exemplar em sua concisão. Escutou distraído as invocações, pediu para ver o objeto da discórdia e, depois de um instante de silêncio, se limitou a dizer que a roupa pertencia a ele: tinha se extraviado havia quarenta anos, numa manhã exatamente igual a esta. Mas por acaso todas as manhãs não eram iguais? Sem mais explicações, dispensou-as. Não lhes ocorreu pensar que pudesse estar mentindo (estava aqui desde a fundação do povoado, era um ancião, e era sério e sabia tudo, uma estátua de outros tempos, tão perfeitamente conservado que funcionava com uma sedução superior); também não pensaram, é claro, que dizia a verdade. Foram embora atônitas e fatalistas. Não podia ter acontecido outra coisa. A delicada roupa infantil caía no Velho da Planície como as coisas caíam na terra.

Ao ficar sozinho, abriu a caixa, que tinha fechado para acabar com a conversa, e passou entre os dedos, por um momento, o vestido rosa: reconhecia-o, perfeito e sem usar, como se nada tivesse acontecido. Uma suave perplexidade, costurada em forma de menina fantasma.

O Juiz, claro está, era Asís. A água e o ar passam sem deixar rastros. A própria vida passa sem deixar rastros. Mas sobre o que poderia deixá-los? Existem sábios antigos que, como bexigas secas e furadas, cavalgaram os ventos — e não sabiam se era o vento que os transportava ou se eram eles que moviam o vento. Afinal, todos se dissolveram no mundo, sem deixar nada de lembrança. Asís tocava no vestido e queria pensar em alguma coisa, mas não conseguia. Pela janela da sala da sua casa via a estação, com seus edifícios ingleses, de cores brilhantes: logo o trem chegaria.

Tinha passado muito tempo e, no tempo, pela própria ação do seu transcurso, Asís tinha se tornado um criador de gado muito rico. Porque a fortuna caía sobre as pessoas com certa indiferença. Ele, por sua vez, tinha trabalhado distraído. Já velho, havia se retirado para uma casa grande e confortável que construiu em El Pensamiento quando fundaram a estação; foi a primeira casa do povoado e continuava sendo a melhor. Tinha sido atraído pelo vago projeto esnobe das máquinas, dessas enormes locomotivas que vinham interromper o silêncio uma ou duas vezes por dia. Pelo menos uma vez por semana havia manobras, que ele presenciava. Tinha sido nomeado Juiz de Paz por ser o povoador mais proeminente. Suas terras se estendiam várias léguas ao ocidente e começavam aqui mesmo, atrás dos alambrados dos ranchos. Como seus vizinhos, os proprietários de San Heraclio, havia doado à companhia ferroviária longas faixas de terreno.

Mas, paradoxalmente para um juiz, não havia decidido a sua própria situação, que continuava em suspenso: não tinha se casado, não tinha chegado a nenhuma conclusão em relação à sua pessoa. Não falava muito, repousava na reverência cortês de seus vizinhos, alimentando involuntariamente uma lenda pela qual passava como um peixe n'água. Aqui vivia com muitos criados, recebia regularmente os fazendeiros da região e, mesmo que retirado havia um ano da administração da sua estância, mantinha-se ativo. Com oitenta anos ou mais, não aparentava, parecia eterno, uma vida sem lugar para nada que não fosse vida, nem sequer a espécie prolongada fora do indivíduo. A vizinhança percebia essa peculiaridade e o considerava um sábio. É assim que o mundo se engana nos seus falatórios.

Vinte anos atrás tinha recolhido um órfão e o criado como um filho. Agora, tendo o jovem se casado, encarregara-o dos campos e cedera ao casal a área da fazenda, na qual entrava desde então como visitante.

A esposa do seu filho se chamava Beatriz. Um pouco antes de que chegassem as comadres com sua querela, havia chegado à casa de Asís um peão da fazenda com a notícia de que durante a noite a jovem tinha dado à luz uma menina. Não se surpreendera, porque esperavam o parto por esses dias. Pois bem, precisamente: levaria este vestidinho rosa como presente. Eles apresentariam a menina ao velho protetor que veneravam. O que causou estranheza foi outra coisa. Tinham lhe dito que se fosse um menino poriam seu nome, porém não tinham pensado num nome para uma menina. E agora o peão tinha lhe dito que a chamariam Asís. Bem podia ser um nome feminino, como Beatriz, com certeza. De qualquer modo, era curioso. Nesta mesma tarde iria conhecê-la. Mandou chamar a sua governanta e lhe entregou o vestidinho para que o passasse um pouco e o embrulhasse. A mulher olhou para ele maravilhada. Deve ter pensado que tinha algo de mágico poder dispor na mesma hora do presente certo para a ocasião. E não se enganava. Mas é verdade que todas as coincidências do mundo não dão conta de formar toda a realidade. Ele bem o sabia! Já estava muito além desse tipo de assombros.

Era um meio-dia do início do verão. Tinham-lhe preparado um almoço leve e depois fez uma sesta. Sairia quando o calor começasse a baixar.

Dormiu pouco mais de uma hora, e pensou antes e depois, com os olhos fechados. Sua nora o fitava de modo estranho. Pela primeira vez na sua vida tão longa descobria o que era a estranheza de algo que se transmitia; nunca tinha encontrado um olhar tão fino no pampa. Estava seduzido por esses olhos, porque não os entendia. Ela o fitava com um receio afetuoso; parecia esperar, beber cada uma de suas palavras. Ele se confundia às vezes, precisava pedir para repetir uma frase. Isso não tinha nada de estranho: sempre se confundira na sua vida, nunca tinha entendido nada. Depois retomava, em sua ausência, o significado misterioso desses olhares, desse gesto dela inteira. Voltava a pensar nela: linda como uma menina, tão silenciosa, e essa pele tão morena e suave; nunca havia tocado nela. Tinha observado essas faces de linhas perfeitas, o pescoço, os braços tão fortes e tão de menina... A própria estranheza afastava esses pensamentos.

Perguntava-se se uma jovem de dezoito anos podia se apaixonar por um velho. Por quê? Infelizmente, não havia anais para consultar... Mas era absurdo, afugentava a ideia, que voltava a ele com um zum-zum de sonho. Não. Voltava a si, à realidade. Nunca tinha gostado tanto de alguém como do seu filho adotivo, ele tinha sido criado amorosamente, a cada dia. E agora o via com súbito receio de estranheza, porque percebia imperfeições no amor que tinha por sua esposa. Ele, Asís, teria cuidado dela de outra maneira, mas é verdade que ele sabia mais da vida, sabia tudo... E, sendo assim, por que não entendia esses olhares? Faziam-no pensar em outra vida, que era e não era a sua. Ele mesmo voltava a ser jovem, enchia-se de uma força nova em cuja radiação os olhares falavam, a mera presença desses braços morenos, suaves como os de uma criancinha, devolvia a ele seus olhos, que fitavam negros e profundos:

contemplavam a beleza, se aproximavam dela... como fazem os olhares, na distância mesma de permanecer, viver de novo...

Durante esses últimos meses tinha ido quase todos os dias à casa no campo. Passava as últimas horas da tarde conversando com ela, ou mesmo sem falar, olhava-a se mexer, como quem estuda sem pensar as árvores, as abelhas. Não queria cometer uma má ação, permitir-se um mau pensamento. Sempre havia sido puro. Mas o que esperava dele essa *chinita*? Será que o esperava? Fazia o caminho agradável, sempre, para vê-la, falava com o filho sobre as reses, os moinhos, tomavam a fresca, depois jantavam e voltava sob as estrelas. Nunca ficava para dormir ali, ainda que insistissem que não devia se expor ao orvalho noturno. Pelo contrário, agradava-lhe o trajeto, umas duas horas entre as colinas: via-se a casa de longe a certa altura, rodeada de monte espesso. Ele mesmo a tinha feito, trinta anos atrás, e tinha plantado as árvores. Sentia-se feliz por agora ser deles, nenhum destino lhe poderia parecer mais adequado.

Será que ela o olhava como homem? Não como um homem qualquer, com certeza. Beatriz era tão pura como ele. Diante dela, estava como num sonho. E se ele tivesse tido uma filha? Seria assim com todos os pais? Claro que para ter uma deveria ter tido uma esposa... e a intriga teria se resolvido antes. Devia ser isso... e, no entanto, alguma coisa não fechava. Era sua filha, é certo, mas ele não era um pai. E se não era nada além de um homem, como Beatriz poderia olhá-lo?

Quando levantou da sesta, o vestidinho já estava passado sobre a mesa da cozinha e embrulhado num pano branco. Quis olhá-lo por um instante. Ao acordar, tinha pensado que, ainda que nada pudesse lhe parecer mais real do que o ocorrido naquela manhã, talvez, de qualquer modo, fosse uma ilusão. Desdobrou-o: era o mesmo, não poderia confundi-lo; mas se subtraía ao seu olhar de certo modo, porque estava distraído, como que imantado pelo sonho de outros pensamentos. Pensava em Beatriz. Não, claro está que o vestido rosa não tinha sido um sonho, um desses fantasmas diurnos que costumam acossar com ironia os velhos. Nada era mais real, nada. Ao contrário: o resto tinha algo de sonho, de incompreensível; algo, muito pouco. Porque ele continuava na realidade: provava-o o fato de que tinha nas mãos a roupa minúscula.

Continuava olhando para ele e de novo ele escapava... Colocou uma mão por dentro, dando-lhe volume, e a mão curtida e formidável mal entrava no vestido. Pensou na menininha que o usaria.

Sua neta, claro que sim. Já se via sorrindo para ela e se dispunha a amá-la, se é que sabia o que era isso. Suas ideias e seus devaneios interrompiam-se um pouco antes dessa resolução de amor. Agora lembrava que tinham falado, os três, sobre o sexo da criança prestes a nascer; e ele tinha se inclinado, num impulso repentino, por uma menina. Por que o teria dito? Seu filho tinha dado de ombros. Pois bem, havia acertado, e logo a veria e lhe daria um presente... O pequeno vestido havia chegado bem a tempo... o que no fundo não tinha nada de estranho. O vestido e a menina... não eram um par tão incongruente como esses olhos e ele... A vida era estranha, precisamente onde não parecia ser, onde era preciso descobrir e desenterrar o estranho...

Tinha chegado bem a tempo, mas deixava para trás todo o mistério de uma história para entrar na claridade perfeita de uma conjunção que não podia ser mais comum.

Ao pensar nisso teve a visão nítida da menina e soube que a veria, que já a estava vendo, através dos véus de um olhar que não era o seu. Tinha nascido. E se produzia um tremor no mais imperceptível do ar: era como se Beatriz fosse sair de si mesma de repente, fosse deixar de ser a esposa do seu filho e voltasse a estar livre, ou mais que livre, infinitamente mais, disponível no mundo, uma órfã, enjeitada, solta na grandeza do mundo.

Enquanto tentava dobrá-lo como o havia encontrado, a senhora Destaville, sua governanta, entrou na cozinha, e rindo tirou-o de suas mãos: deixe comigo, dizia. Tornou a dobrá-lo e a embrulhá-lo. Logo poderá usá-lo, dizia, mexendo as mãos grandes e finas, logo vai fazer calor.

E acrescentava: se couber. Se tiver nascido muito grande, talvez nem caiba! Deixou-o na mesa e foi pegar um bornal de couro que estava no meio de uns arreios na varanda do pátio. Continuava falando, entusiasmada com a notícia. Ela também esperava o parto. Supunha que a recém-nascida seria pequenina: o pai e a mãe eram miúdos, de ossos pequenos. Asís assentiu, pensativo. Ele era muito grande, corpulento: um gigante. A idade não o tinha contraído nem um pouco.

A mulher guardou o embrulho no bornal, ajustou as correias, e continuou conversando, apoiada na mesa. Ele não prestava muita atenção agora, mas gostava de escutá-la. Fazia dois anos que a senhora Destaville cuidava da casa, desde que a tinha inaugurado no povoado. Era filha de um francês e de uma *criolla* e, agora, aos cinquenta anos, era viúva duas vezes. Era um prazer ouvi-la falar da sua vida. Inclusive dava gosto vê-la, quando circulava pela casa ou cantava ou soltava uma dessas risadas longas e cristalinas, de garota. Ela também era alta e grande, e tinha olhos iluminados. Era devota do seu patrão, sempre atenta aos seus passos, um duende corpulento e bondoso, onipresente na casa. O filho dizia a Asís: a viúva não tira os olhos de ti. E a ela, com desenvoltura de jovem piadista: como gostaria de tê-la um dia como mãe!, o que a fazia ruborizar e escapar, perturbada, para voltar um instante depois com risadas, com uma de suas tortas de massa levemente doce, como era do gosto de Asís, ou com arroz-doce ou bolinhos... Agora mesmo tinha preparado umas guloseimas para os jovens; fez Beatriz saber que, se precisasse, poderia ficar uns dias com ela. Sim, Asís pensava que era uma boa ideia, ainda que não acreditasse que fosse preciso. "Não, certamente não", dizia ela: "a mãezinha estará em pé amanhã." (Havia interrogado com detalhes o peão que trouxe a notícia.) "Logo sua netinha estará correndo por aqui..."

Asís assentiu como se tivessem lido seu pensamento. Olhou pela porta aberta o pátio grande rodeado de roseiras.

O sol já começava a declinar e não tinha feito muito calor a tarde inteira. Mandou encilhar sua égua branca e saiu para esperar. Foi trazida por um garoto, que correu para abrir a cancelinha do fundo, por onde entrava num dos potreiros do seu campo. Saiu devagar e passou ao lado da meia dúzia de casas desse lado das vias e depois seguiu paralelo ao caminho de Pringles até a crista da primeira colina, de onde cruzava pelo campo, numa linha reta que só ele entendia. Antes de se afastar do caminho, cruzou com dois moços ao trote e eles o cumprimentaram tirando os chapéus: dois filhos de vizinhos, companheiros de andanças infantis do seu filho. Parabenizaram-no, mandando cumprimentos ao pai e anunciando que o visitariam em breve para conhecer a menina. Assentiu, sorrindo com gravidade.

As colinas estendiam-se até o horizonte; sabia do alto de qual delas, exatamente, veria o monte. Adiantava-se à recepção alegre, terna, do seu filho, o braço com que o ajudava a apear — e, ainda que não fosse necessário, apoiava-se do mesmo jeito no ombro do rapaz, buscava seus olhos, o sorriso branco, iniciavam a conversa de sempre, alguma notícia... Os dois olhavam para Beatriz que saía sorrindo para lhe dar as boas-vindas. Hoje certamente estaria na cama; entraria para vê-la, lhe daria um beijo e pegaria a menina no colo... Como era possível que fossem chamá-la Asís? Tinham decidido agora, nesta mesma manhã, ou guardaram segredo desde antes?

Interrogava-se seguindo o ritmo do passo do cavalo, que já era consubstancial ao seu pensamento. Tudo era estranho, muito estranho, e misterioso. Concederia a si por mais uns anos a doçura de se aproximar, como mais um enigma, ao mistério da sua nora? A esses olhos que nunca ocultavam uma dúvida, uma perturbação. Algum dia a menina o olharia como agora a mãe o olhava.

Mas não podia suportar imperturbável a lembrança desse olhar. Jogou a cabeça para trás, aspirando, e ficou absorto no início do pôr do sol, em direção ao qual avançava. O céu riscava-se de matizes finos, lavados por uma chuva que não havia caído. Conhecia bem o céu; podia dizer que não tinha olhado para outra coisa durante toda a sua longa vida... Por que era velho? Não entendia. Sentia todo o corpo tão novo como sempre. Quando começava a pensar nisso, não achava provas de que fosse velho. Tinha o cabelo branco, é verdade, mas isso era um detalhe. Os velhos costumam ver mal, já ele tinha a vista tão perfeita como quando era criança. Podia apreciar cada diferença sutil das cores no ar. Esse tom rosa na grande faixa sobre o horizonte; essa cor única, incomparável a qualquer outra da natureza, a não ser algumas florzinhas que tinha visto algum dia, em algum lugar. Sentiu de repente a impressão imensa da perfeição. E, no entanto, sua vida tinha sido tão imperfeita... Nem sequer sabia por que tinha vivido. Ninguém sabia. Mas os olhos de Beatriz eram algo vivo, cheio dele, que o explicavam para além da sua própria vida.

Não, não sabia nada. Mas ao menos sabia que amava o céu. E a beleza do crepúsculo o observava.

9 de fevereiro de 1982

POSFÁCIO

A forma da ficção: um vestido e um recado*

O RECADO DE AIRA

Em uma entrevista dos anos 1990, César Aira contou a origem do livro que agora o leitor brasileiro tem em mãos:

> Com *O vestido rosa* queria escrever um conto, coisa que nunca pude fazer. Devo ter algo geneticamente incompatível com o conto. O que fiz então foi tomar um conto de que gosto muito: "O recado do morro", de Guimarães Rosa. O que há ali é uma

---

* Uma primeira versão deste texto foi publicada em Luis Alberto Brandão Santos e Maria Antonieta Pereira (Orgs.), *Trocas culturais na América Latina*. Trad. de Maria Antonieta Pereira. Belo Horizonte: UFMG, 2000.

mensagem que se vai transmitindo, eu o materializei no vestidinho, mas é apenas um exercício.*

Esclarecemos: o "conto" *O vestido rosa* (com aproximadamente cem páginas), considerado um dos melhores "romances" de César Aira, é uma de suas primeiras obras — está datada de 9 de fevereiro de 1982. Um dos escritores mais prolíficos (palavra que lhe cabe como o anel no dedo) dos últimos anos, Aira se caracteriza por elaborar um romance a cada dois meses, por seu humor leve e flutuante e por suas histórias delirantes que se desdobram em uma deriva disparatada. Já publicou mais de oitenta romances e mais de vinte livros de outros gêneros, que vão de contos a ensaios. Definitivamente, um autor

---

* Graciela Speranza, *Primera persona*. Buenos Aires: Norma, 1995, p. 226. *O vestido rosa* foi editado por Ada Kom, Buenos Aires, em 1984, e "O recado do morro" pertence ao livro *Corpo de baile* (sete novelas), cuja primeira edição é de 1956. As citações do conto de Rosa foram retiradas da segunda edição do livro, de 1960 (Rio de Janeiro: José Olympio, 1960, 2. ed.). Daqui em diante, cito o número de página depois das seguintes referências: *VR* para *O vestido rosa* e *RM* para "O recado do morro".

que, na aparência, *não tem nada a ver* com Guimarães Rosa (mas há dois escritores que não tenham nada a ver entre si?). Como entender então que Aira tenha escolhido, em seus *começos*, reescrever uma narração de Rosa? Poderíamos dizer que o título *O vestido rosa* está apontando para o autor mineiro e que, como nos versos de Caetano Veloso, Aira gosta "da rosa no Rosa"?

Para comparar duas escritas ou dois produtos artísticos, usa-se com frequência a noção de intertexto forjada por Julia Kristeva no fim dos anos 1960. Hoje em dia o conceito pode significar lugar de "influência" ou de "relação".

Mas podemos fazer uma crítica a esse conceito, começando, justamente, pela inviabilidade de ser um verbo conjugável — é absurdo dizer, por exemplo, que Kieślowski "intertextualizou" o conto "A distante", de Julio Cortázar, no filme *A dupla vida de Véronique* (1991). Além disso, parafraseando Althusser, pode-se dizer que sob o ponto de vista do intertexto "a literatura é um processo sem sujeito".* Assim,

---

* Louis Althusser, *Réponse à John Lewis*. Paris: Maspero, 1973.

para nos opormos a essa noção, basta pensar na ideia de "destinatário", a qual nos permitiria pensar a constituição de um sujeito que intervém, desvia ou produz sentido e, nesse processo, constrói uma identidade. O que a noção de intertexto elimina são as práticas e as diferentes intervenções e entornos nos quais se produz a leitura enquanto apropriação. Contudo, feita a crítica, podemos usá-la de início para a comparação entre *O vestido rosa* e "O recado do morro", isto é, levando em consideração as vinculações textuais entre um e outro.

Há, em primeiro lugar, uma instabilidade de gênero textual nas duas obras que passa, na realidade, mais pela denominação que pela forma: Guimarães Rosa chama a sua de "conto", "novela", "poema", e César Aira a categoriza como "conto". A instabilidade do segundo é acentuada pelo fato de ter sido publicado com *Las ovejas* [As ovelhas], uma "novela" de apenas 55 páginas. "Descobrir por que Aira chama *Las ovejas* de 'novela' e, em troca, chama *O vestido rosa* de 'conto', creio que se torna um atrativo adicional", disse a editora Ada Kom, na contracapa da primeira edição argentina.

Outra similaridade está no papel dos bobos que, como nos dramas de William Shakespeare, transmitem, em seus discursos aparentemente disparatados e sem sentido, grandes verdades. Em "O recado do morro", todos os bobos com os quais o protagonista Pedro Orósio vai se encontrando repetem a mensagem que lhes deu o morro: de que vão traí-lo. Somente no final do relato, Pedro descobre que a mensagem era dirigida a ele próprio, e compreender isso o salva de ser assassinado por seus supostos amigos. Em *O vestido rosa*, um bobo é o único que pode consentir ao mistério desse vestido, que lhe permitirá, por sua vez, sair de sua própria estupidez e converter-se em um sábio e salomônico Juiz de Paz.

A última confluência importante é, na realidade, uma divergência na interpretação. As duas narrativas põem em cena o modo de se construir uma ficção e, pode-se dizer, cada uma oferece uma pequena e poderosa teoria acerca disso. Entre os diversos tipos pelos quais se interessa o relato de Aira, há um que é "um dos tópicos mais trilhados das histórias: o desejo de reconhecer um segredo" (*VR*, p. 81). Desse modo, também se articula o conto de Rosa: a ficção avança, paralela à mensagem, durante a travessia de Pedro junto aos clientes que guia através do sertão. Contudo, tampouco deveria ver-se nessa caracterização uma crítica negativa, já que há — na poética de Aira — um prazer que provém do reencontro com os modos convencionais e já trilhados da ficção.

O vestido rosa fala de como se funda a ficção e esse é o ponto em que mais se aproxima do conto de Rosa: ambos fundam a ficção sobre travessias, ainda que distintas — Asís vaga indiferentemente pela lógica que impõe o vestido e sua desaparição, e Pedro, consumado rastreador, guia certos homens pelos lugarejos de Minas Gerais. Mas o que faz essas ficções e os personagens que as encarnam se deslocarem?

Numa leitura inicial, parece impor-se a ideia de que o conto de Aira tem pouco a ver com o de Rosa, apesar da comparação bastante exata que o autor argentino faz dos dois textos. O fato de que Aira seja um brincalhão faria inclinar-nos à ideia da pista falsa (à qual são tão afeitos os artistas) ou à do *intertexto como armadilha*.* Assim, Aira estaria rindo da ingenuidade de esmerados críticos que são capazes de percorrer todas as bibliotecas da cidade de Buenos Aires para encontrar esse conto e pôr-se, ato contínuo, a fazer comparações (seria meu caso). Mas a referência de Aira permite outra saída: estaríamos frente à gênese de um texto que não necessariamente se lê na obra finalizada. Rosa serviu para o narrador, mas não para os leitores, já que o texto teria se tornado autônomo em relação a seu ponto de partida. O mesmo Aira, e nessa conjectura se converteria em um escritor de uma sinceridade absoluta, o disse quando observou que se tratou de um "exercício", ou melhor, "apenas um exercício".

---

* Armadilha aqui tem o sentido do castelhano "chasco", brincadeiras infantis como "pegadinhas" entre amigos.

OBJETOS

As epígrafes de *Corpo de baile* poderiam ter introduzido o conto de Aira: são quatro frases de Plotino, três de Ruysbroeck, o Admirável, e um fragmento de um poema "pseudofolclórico". A partir delas, podem ser pensados os três vértices da operação Rosa-Aira: 1) um objeto que circula; 2) uma comunidade que lhe outorga um valor; e 3) uma natureza que define formas de sociabilidade dessa comunidade. Uma das citações de Plotino, que parece escrita por Aira, diz: "Num círculo, o centro é naturalmente imóvel; mas, se a circunferência também o fosse, não seria ele senão um centro imenso".* Declara Ruysbroeck, o Admirável: "Vede, eis a pedra brilhante dada ao contemplativo; ela traz um nome novo, que ninguém conhece, a não ser aquele que a recebe". E, por fim, o poema pseu-

---

* "Bibiano agora vivia isolado no centro exato de um pampinha que, por sua vez, estava no centro do seu campo, um anel de terras sobre as quais se esforçava, sem saber, para fazer o deserto se espalhar." (*VR*, p. 71.)

dofolclórico: "— Morro alto, morro grande,/ me conta o teu padecer./ — Pra baixo de mim, não olho;/ p'ra cima, não posso ver...".

O espaço é, em Rosa, o sertão mineiro e, em Aira, o pampa argentino. Circunferências que são, por sua vez, centro: sua espacialidade é infinita e suas fronteiras coincidem com as do relato. Nada há fora delas. O objeto (a pedra brilhante) é, em Rosa, a mensagem e, em Aira, o vestidinho. Essa passagem da esfera auditiva (a mensagem é oral) à visual marca a divergência entre um narrador e outro: enquanto Rosa desdobra, nesse conto, relatos orais, alguns deles folclóricos, o que importa em Aira é a dimensão visual, fragmento de realidade que atravessa, impassível e idêntica a si mesma, todo o relato. Mas, enquanto objetos, ambos têm um funcionamento similar e põem em movimento a ação.*

---

* Semelhante à ideia de "MacGuffin", presente nos filmes de Alfred Hitchcock, em que um objeto, antes sem importância, ganha significado narrativo e passa a mover a história. (Cf. François Truffaut e Helen Scott, *Hitchcock/Truffaut: entrevistas*. Trad. de Rosa Freire Aguiar. São Paulo: Companhia das Letras, 2004.)

Ao conferir sentido e valor a um objeto, ele deixa de ser indiferente. No caso do vestido, esse sentido é outorgado por um personagem que, ao não atribuir significado, transforma-se no protagonista. O bobo é indiferente ao objeto, distinto dos outros personagens da casa, que o querem com alguma finalidade interessada. Também em relação à personagem Augusta, fala-se de uma "bela indiferença" e de como "o desejo ameaçava expulsá-la da sua indiferença" (*VR*, p. 18). A indiferença é a paixão de Ema (a protagonista do romance *Ema, la cautiva*) e o sentimento com o qual se aproximava dos objetos o artista mais admirado por Aira: Marcel Duchamp (até lhe dedicou um livro que intitulou *Duchamp en México*). Justamente a operação básica de Duchamp, como o mostrou W. J. T. Mitchell,* foi fascinar-se — ao contrário do que ocorria até então na arte ocidental — por objetos que eram desinteressantes (essa é a origem dos ready-mades). E como se passa da indife-

---

* Cf. W. J. T. Mitchell, "What Do Pictures 'Really' Want?". *October*, v. 77, MIT Press, verão 1996, p. 77.

rença ao desejo, como se passa da coisa ao relato e à ficção? Essa é uma pergunta que nos faz o texto.

No momento em que o objeto se transforma, sem deixar de ser ele mesmo, em algo não indiferente, começa a servir como objeto de intercâmbio e — como afirma Slavoj Žižek — "elemento radicalmente contingente através do que surge a necessidade simbólica".* Por meio do vestido rosa, Asís descobre a ficção. São os fantasmas que, no limite entre presença e ausência, criam o vazio para a intervenção subjetiva do personagem. No vestidinho, se convertem em *destinatários* e "descobrem" (na realidade, constroem) sua identidade. No momento em que o objeto nos olha, em que o relato nos fala, deixa de ser indiferente.

Entretanto, ambas as simbolizações do objeto implicam dois modos totalmente distintos de imaginar a natureza. Em "O recado do morro", Pedro percorre os campos de Minas Gerais

---

* Slavoj Žižek, *Eles não sabem o que fazem: o sublime objeto da ideologia*. São Paulo: Zahar, 1991.

com Alquiste, ou Mr. Alquist, um naturalista estrangeiro, o sacerdote Sinfrão, o fazendeiro Jujuca e seu peão Ivo. Para esses dois personagens (e para o narrador que participa de seu mundo), a natureza é detestável, difícil, enfim, sublime. Tudo é imenso, grande, inabarcável.

Em Aira, pelo contrário, a paisagem é bela, tem algo de tela pintada ou retábulo em que se instalam os personagens. Tudo se apequena e se miniaturiza: "O livro não só miniaturiza o mundo, mas além de fazê-lo o diz e explica como o faz".* Nisso consiste a ficção e, o vestido rosa, pequeno como uma boneca, encarna essa potencialidade.**

---

* César Aira, *Taxol, precedido de Duchamp en México y La broma*. Buenos Aires: Simurg, 1997, p. 31.

** Um objeto que, ao final do texto, substitui o vestido rosa é "um lindo dente, saudável, perfeitamente arrancado". (*VR*, p. 88.) O dente é uma miniaturização perfeita do humano sem significar sua destruição (como poderia sê-lo um dedo, um olho ou até um cabelo que não o é suficientemente completo). "Ocorreu-lhe" — diz o narrador a propósito do dente — "que poderia fazer um relato inteiro, imensamente longo, da vida de todos os que tivessem algum objeto qualquer por acaso." (*VR*, p. 89.) Umas páginas depois, quando os meninos encontram o vestidinho, narra-se: "Viam o que nunca

Ou seja, Aira vai a Rosa para encontrar a sua diferença.

O vestido rosa é a ficção. Seus atributos são a miniaturização que sugere a Asís "o espaço inteiro, uma dimensão expandida" (*VR*, p. 15). Mas não qualquer espaço, não qualquer dimensão: os materiais com que se faz a ficção em Aira remetem, por um lado, a uma tradição literária e, por outro, a um corte que é inerente ao ato de ficcionalizar.

A tradição literária é, como se tem dito, a de uma literatura argentina que fez da *llanura* [planura, planície] o cenário da ação e dos conflitos narrativos. Mas, se em Esteban Echeverría ou em Domingo F. Sarmiento, o sublime faz pensar em uma natureza que se mantinha irrepresentável, a intervenção borgiana fez dessa planície — "a vertigem horizontal" — um cenário do artifício e da leitura. No conto "O Sul", de Jorge Luis Borges, é dito do protagonista Dahlmann que

---

→ teriam suspeitado: um perfeito objeto ao acaso, talvez o mais incoerente de uma imensa lista". (*VR*, p. 96.)

"seu conhecimento direto do campo era bastante inferior ao seu conhecimento nostálgico e literário".* Contudo, nesse conto, o literário não se opõe absolutamente ao real, pelo contrário, o conto configura um real (o do acidente azarento) que se opõe a outro real mais poderoso porque é capaz de configurar um destino: a morte na planura que estava predestinada ao protagonista (porque ele assim a desejava). Na repetição (sabe-se que "O Sul" abunda em simetrias), Dahlmann recupera seu passado em um *après-coup*: "Não há destino sem passado".

Como o faz a narrativa de Borges, todo texto estabelece um real como ponto de partida. Em *O vestido rosa*, esse "real" é a casa "grande e baixa, de barro pintado com cal rosa" (*VR*, p. 9).** A circulação do vestido rosa faz com

---

* Jorge Luis Borges, *Ficções* (1944). Trad. de Davi Arrigucci Jr. São Paulo: Companhia das Letras, 2007, p. 164.

** Em "O Sul", de Borges, também a casa no campo é rosada — "comprida casa rosada que um dia foi carmesim" (p. 160) — e o armazém "algum dia, fora vermelho vivo, mas os anos tinham mitigado para seu bem essa cor

que esse real se evapore. Quando Manuel regressa à terra da família, pergunta-se: onde está a casa? "[...] onde estava esse lugar, *o mais real de todos*?" (*VR*, p. 48, grifo meu). Enquanto Manuel, enganado, busca a casa, Asís, órfão de pai e mãe, a encontra de modo direto na beleza de sua nova residência: "olhou pela porta aberta o pátio grande rodeado de *roseiras*" (*VR*, p. 115, grifo meu). Nesse novo espaço, o vestidinho é o mais real de todos os objetos: "Nada era mais real, nada" (*VR*, p. 112). Sob certo aspecto, então, o relato de Aira trata de como se passa de um real (a casa) a outro (o vestido), com maior capacidade de produção de realidade, mesmo sendo fictício. Esse trajeto entre um real indiferente, um real construído pela ficção e o desejo, e uma ficção que produz realidade é o que *O vestido rosa* narra, pondo em cena seus mecanismos.

→ violenta" (p. 165). A casa rosa fá-lo recordar Dahlmann, uma gravura de *Pablo y Virginia*. A casa de Bibiano, no conto de Aira, também é "rosa". (*VR*, p. 9.)

O vestido rosa é "um luxo de fugacidade" (*VR*, p. 15), uma "carga preciosa e inútil" (*VR*, p. 45) que aparece nesse mundo de trabalho e de intercâmbio de mercadorias que é a planície. O vestido, em troca, "não mostrava marcas do trabalho" (*VR*, p. 21): sua presença desloca a "mecânica sem sentido" do trabalho, que Rosario (mais um vestígio de Rosa no nome da personagem) teria imposto frente ao "tédio da vida" (*VR*, p. 10), por "um mecanismo independente das coisas" (*VR*, p. 36). E aqui Aira se reencontra com Rosa. "Vestido" e "recado" põem em funcionamento uma mecânica que instaura um sentido que cria um espaço *diferente*. É o espaço do relato ficcional que esses objetos põem em funcionamento, acompanhando a história como uma dimensão em contraste com a que regula o mundo cotidiano do trabalho e da lógica dos intercâmbios (concebidos no papel-dinheiro sem serventia dos tempos "da Confederação", no caso de Aira, e, em Rosa, no olhar dos três clientes de Pedro). Passemos a outra coisa, ou melhor, vejamos os protagonistas passarem a outra coisa e, desse modo, salvaram-se (os dois relatos têm final feliz).

ITINERÁRIOS OU TRAVESSIAS

Em *O vestido rosa*, a planície não é somente o lugar do trabalho como também o da *travessia*. Duas viagens partem do real da casa para constituir dois tipos de travessias: a de Asís e também a de Manuel, filho de Rosario e Luísa, que sai em busca do vestido rosa para dá-lo a sua irmã. Realizando um deslocamento "não exótico, familiar" (*VR*, p. 41), Manuel não tem outro destino senão o regresso ao lar paterno.* O fecho simbólico buscado por Manuel expulsa-o da história, diferente de Asís que se desloca paralelamente ao vestido e se reencontra com ele

---

* Manuel "sem saber, procrastinava". (*VR*, p. 42.) A palavra procrastinava não existe em castelhano, está tomada do latim (*procrastino*) e significa adiar, diferir. A travessia de Manuel não é pela paisagem (pelas dimensões), mas pelo tempo, e isso o impede de aceder à diferença. Posteriormente, Manuel se repete em Bibiano, em quem "o ódio dava-lhe uma preguiça suprema, uma procrastinação que estava além da própria vida". (*VR*, p. 72.) Raúl Pacuma, por sua vez, repete Asís no episódio da esposa gorda de Bibiano que mostra um dos procedimentos-chave da poética de César Aira: a manipulação das proporções.

no povoado "El Pensamiento", que funda em sua peregrinação. Há que ser muito sábio para fundar na planície um povoado que é a possibilidade mesma da ficção.* Ironicamente existe, perto de Coronel Pringles (cidade natal de Aira), um pequeno povoado que se chama El Pensamiento e que, segundo a Wikipédia, contava com doze habitantes em 2010. No texto de Aira: "Ainda hoje aparece nos mapas, embora na verdade tenha se extinguido precipitadamente, porque essas vias foram fechadas por volta de 1970" (*VR*, pp. 98-9).

Os tolos são, a princípio, os personagens que transmitem a mensagem. Gorgulho (ou Malaquias), Catraz (ou Zaquias), Guegué e Nomi-

---

* De fato, as primeiras ficções de Aira começam assim. *Las ovejas*, de 1970, inicia-se desse modo: "Sobre os campos delgados de El Pensamiento caíam os brancos, e uma acelerada precisão de lupa enchia o espaço". E em *Moreira*, de 1972: "Um dia, de madrugada, pelas colinas imóveis de El Pensamiento baixava montado em um potro amarelo um horrível gaúcho". Na topografia airiana, El Pensamiento é o núcleo interno da ficção que produz planura e fantasmas (ou seja, objetos que põem em funcionamento seu mecanismo). A primeira ficção de Aira data de 1970.

nedômine. Finalmente, o último elo é o cantor popular Laudelim Pulgapé, que, com a canção popular do Rey-Jesus, poetiza o recado que havia sido proferido anteriormente por Gorgulho. Do balbucio ao poema cantado, essa é a travessia da mensagem que Pedro persegue, em "O recado do morro". Em *O vestido rosa*, a travessia contém um hiato que está marcado porque a ficção segue o vestido e, quando Asís reaparece, já é um Juiz de Paz, sábio e pós-salomônico, e não mais o tolo do princípio.

Os múltiplos significados da mensagem de "O recado do morro" são substituídos, em Aira, pela insignificância sugestiva da visualidade: o vestido não é suficientemente opaco para ocultar o mundo (como a casa), nem suficientemente transparente para se confundir com planura — como Asís, tem uma "transparência ambígua" (*VR*, p. 33).* É o atributo próprio dos

---

* Tudo se desloca, na ficção, até a transparência: "Tudo se tornava transparente, inclusive as notícias". (*VR*, p. 43.)
A terra e clima são, em troca, "opacos". (*VR*, pp. 34 e 44.)

fantasmas. "Mediante a fantasia aprendemos como desejar", afirma Žižek*, e, de certo modo, aprendemos a contar. Mas para contar ficções há que aparecer o fantasma, que não é outra coisa que o transtorno da mecânica causal das coisas a que estamos habituados.

Quando se funda — se inicia — a ficção no texto? Quando roubam o vestido de Asís sem que ele se dê conta disso. Asís põe-se a "pensar" (*VR*, p. 35) mas não há nenhuma explicação que possa motivar esse desaparecimento. Asís perde o vestido mas ganha um "resíduo de relato fantasmal para contar" (*VR*, p. 37). A partir daí, *O vestido rosa* propõe toda uma lista imensa de possíveis encadeamentos que constituem esse mundo suspenso e contínuo da ficção. Uma vez que falta algo, começa a travessia. Quando se esfuma o vestido, aparecem os índios "fantasmas, entre o individual e o coletivo" (*VR*, p. 32), índios inverossímeis, construídos nos romances de Aira com a linguagem dos estudos pós-

---

* Slavoj Žižek, op. cit.

-estruturalistas.* Na busca do ausente, os índios criam o mito do assalto (historicamente real, mas incluído no conto a partir de uma origem ficcional). O mal-entendido, o reconhecimento de um segredo, a desproporção, o acaso: todos esses são modos em que a ficção faz seu próprio espaço, sua própria lógica que se desliga do real (entendido como sedimentação da lógica habitual) graças ao vestido rosa. O mecanismo mais importante é, no texto, a repetição: tudo se narra mais de uma vez, e é nessa repetição que o contínuo sem lei abre o passo à série afim à lei.** Os nomes de Rosario e Asís duplicam-se, a casa rosada é a de Rosario e também a de Bibiano, os dois meninos e as duas mães se parecem em tudo e suas casas também estão duplicadas, o "cachorro amarelo" de Manuel é branco duas vezes — como Bibiano e como os meninos — e

---

* Cf. Martín Kohan, *Nación y modernización en la Argentina: todo lo sólido se desvanece en Aira*. In: Jorge Dubatti (Org.), *Poéticas argentinas del siglo XX*. Buenos Aires: Editorial de Belgrano, 1998, p. 164.

** Cf. Slavoj Žižek, op. cit.

Asís termina adotando um "filho", como anteriormente Rosario fizera com ele.* Também há repetições como reencontros: o de Asís com os índios ("teve um sobressalto: perfeita repetição", *VR*, p. 45) e, ao final, com o vestido rosa. Como objeto que não tem duplo, que não se repete, está o vestido que circula "idêntico a si mesmo". As repetições explicam como Asís se transforma em um juiz e como sua lei não é outra que a da ficção. Mas por isso ele não atua como Salomão, ainda que as duas mulheres lhe assinalem esse papel. O que faz é algo impróprio a um juiz: apropria-se do objeto como se se apoderasse, de um golpe, de seu passado. Na psicanálise, esse ato chama-se *après-coup*. E no romance também: "No fim, contudo, houve um instante em que se impôs a mágica disposição de acudir ao Juiz de Paz. E então, *après-coup*, sua intervenção pareceu revelar-se como o mo-

---

* "O menor tinha, como nas histórias, um cãozinho branco que o acompanhava. O outro era o líder da travessia." (*VR*, p. 91.)

tivo de todo o escândalo" (*VR*, p. 102). O objeto é único mas a travessia o multiplica na ação dos destinatários, em cada apropriação. E no "fim": a ficção se fecha.

As narrativas de Rosa e Aira têm um final feliz, no nível da trama, com os dois protagonistas salvos e contentes, um com uma sobrinha a quem poderá presentear com o vestido rosa e o outro fugindo da traição "por tantas serras, pulando de estrela em estrela, até os seus Gerais" (*RM*, p. 288). Um final é belo e outro sublime, e ambas as histórias terminam bem. Por que os dois personagens se salvam? Porque conseguem *construir um destino* convertendo-se em destinatários dos objetos e intervindo no passado mediante um *après-coup* que, em um gesto retrospectivo, troca suas sortes (e não há algo de certo na ideia de que nosso destino se esconde em nosso passado que é, por sua vez, uma construção a partir do presente?).

Ao final, aparece o desejo de Asís: um desejo erótico proibido que encontra uma solução no vestido rosa e que, nesse momento, o invade com "uma suave perplexidade, costurada em forma de menina fantasma" (*VR*, p. 104). A boneca à qual estava originalmente destinado transforma-se em um corpo de menina (a sobrinha) e o desejo se metamorfoseia em sonho. A ficção salva a Asís e também a Aira, que encontra no relato de Rosa um pretexto para iniciar uma travessia (um exercício) que é a descoberta da sua própria poética: uma ficção que faz mais intenso, vívido e verdadeiro o nosso real.

GONZALO AGUILAR
Crítico e professor titular de literatura brasileira na Universidade de Buenos Aires. É autor de Poesia concreta brasileira: as vanguardas na encruzilhada modernista *(Edusp, 2005).*

Copyright © 1984 A. Korn Editora
Publicado em acordo especial com o agente literário Michael Gaeb
e Villas-Boas & Moss Agência Literária
Copyright da tradução © 2024 Editora Fósforo
Todos os direitos reservados. Nenhuma parte desta obra pode
ser reproduzida, arquivada ou transmitida de nenhuma forma
ou por nenhum meio sem a permissão expressa e por escrito
da Editora Fósforo.

Título original: *El vestido rosa*

DIRETORAS EDITORIAIS Fernanda Diamant e Rita Mattar
EDITORA Eloah Pina
ASSISTENTE EDITORIAL Millena Machado
PREPARAÇÃO Sheyla Miranda
REVISÃO Eduardo Russo e Livia Azevedo Lima
DIRETORA DE ARTE Julia Monteiro
IDENTIDADE VISUAL E CAPA Celso Longo e Daniel Trench
IMAGEM DE CAPA *Cows Descending* (1917), por Ernst Ludwig Kirchner.
Coleção Buffalo AKG Art Museum (domínio público)
PROJETO GRÁFICO DE MIOLO Alles Blau
EDITORAÇÃO ELETRÔNICA Página Viva

Dados Internacionais de Catalogação na Publicação (CIP)
(Câmara Brasileira do Livro, SP, Brasil)

Aira, César
 O vestido rosa / César Aira ; tradução Joca Wolff, Paloma
Vidal ; posfácio por Gonzalo Aguilar. — 1. ed. — São Paulo :
Fósforo, 2024.

 Título original: El vestido rosa.
 ISBN: 978-65-84568-16-7

 1. Ficção argentina I. Wolff, Joca. II. Vidal, Paloma. III. Aguilar,
Gonzalo. IV. Título.

23-180684   CDD — Ar863

Índice para catálogo sistemático:
1. Ficção : Literatura argentina   Ar863
Aline Graziele Benitez — Bibliotecária — CRB-1/3129

Editora Fósforo
Rua 24 de Maio, 270/276, 10º andar, salas 1 e 2 — República
01041-001 — São Paulo, SP, Brasil — Tel: (11) 3224.2055
contato@fosforoeditora.com.br / www.fosforoeditora.com.br

Este livro foi composto em GT Alpina e
GT Flexa e impresso pela Ipsis em papel
Bibloprint 60 g/m² da Suzano para a
Editora Fósforo em abril de 2024.